감각의 순간

: 유럽 여행 편

감각의 순간

: 유럽 여행 편

초 판 1쇄 2025년 01월 23일

지은이 임준이
펴낸이 류종렬

펴낸곳 미다스북스
본부장 임종익
편집장 이다경, 김가영
디자인 임인영, 윤가희
책임진행 김은진, 이예나, 김요섭, 안채원, 장민주

등록 2001년 3월 21일 제2001-000040호
주소 서울시 마포구 양화로 133 서교타워 711호
전화 02) 322-7802~3
팩스 02) 6007-1845
블로그 http://blog.naver.com/midasbooks
전자주소 midasbooks@hanmail.net
페이스북 https://www.facebook.com/midasbooks425
인스타그램 https://www.instagram.com/midasbooks

© 임준이, 미다스북스 2025, *Printed in Korea.*

ISBN 979-11-7355-051-5 03810

값 22,000원

미다스북스는 다음세대에게 필요한 지혜와 교양을 생각합니다.

감각의 순간

: 유럽 여행 편

임준이 지음

미다스북스

Contents
목차

프롤로그

#이 책을 읽는 방법

프롤로그

내가 보내는 여행의 순간들.

그중에서도 가장 짧은 한순간을 글로 써보면 어떨까요?

그리고 이걸 엮어 책으로 만들면 어떨까요?

우리가 가진 수많이 예쁜 단어들로

그 순간을 감싸안아 봅시다.

그럼,

그 순간을 다른 누군가에게(혹은 적어도 나에게) 들려줬을 때,

선물을 받은 듯한 감정을 느낄 수 있겠죠.

문장을 구성하는 서로 다른 단어와

문장을 구성하는 서로 다른 문단이 당신의 시각을 자극해

글자가 주는 매력을 느낄 수 있기를 바랍니다.

시각적인 자극은
영상이 아닌 문자에도 적용될 수 있음을,
바로 그것을 느끼게 해주고 싶습니다.

길게 늘어선 단어들을 바라보며 인내심을 키우듯이
짧게 늘어선 단어들을 바라보며 집중력을 간추리세요.
시원하게.

그리고
이 책에 담긴 각 순간을 눈과 입으로 읽어 내려가면서
이 책을 통해 그 순간과 연결되길 바랍니다.

단어가 주는 감각을 그대로 느껴보세요.
한 글자, 한 글자, 있는 그대로 따라오시고
그대로 흡수하고 그대로 상상하며 읽어보세요.

어디론가 훌쩍 떠나버리고 싶다는 생각을 하지 않나요?
저는 가끔, 아니 종종 그런 생각을 하곤 하지만,
현실적으로는 불가능하다는 것을 깨닫고 자주 낙담합니다.

그래서 이 책을 만들 결심을 했습니다.

'물리적으로 불가능하다면 심리적으로는 가능하게 해보자!'
는 다짐을 하면서요.

(갑자기 철학적으로 빠지는 것 같지만…!)
존재한다는 것은 무엇일까요?
눈으로 보이는 것만 존재한다고 할 순 없습니다.
당신의 감각으로 무언가가 느껴진다면,
그것 또한 존재하는 것입니다.

이 책을 읽어가는 그 순간들이
당신의 감각을 자극하고
당신은 그 속에서 무언가를 느끼고
당신의 경험으로 존재하길 바랍니다.

자, 마음속으로 이미지를 그릴 시간입니다.
문장을, 단어를, 한 획을 잘 따라가며 충분히 상상하시길.

부디 즐거운 시간이 되시길!

#이 책을 읽는 방법

1. 여정에 떠난다는 기분을 가지고 차례대로 읽기. - 단어를 온전히 느끼고 충분히 상상하려고 노력해 보세요. - 하루 만에 다 읽으려 하지 마세요!- 여유를 가지고 함께 찬찬히 여행합시다. :)

2. 한 에피소드를 다 읽고 나서 사진 확인하기. - 자신이 상상한 것과 비슷한 이미지인지 비교해 보세요. ※ 사진이 없으면 제가 그린 그림 을 참고해 주시기를 바랍니다!

3. 자신이 상상한 것과 전혀 다른 느낌의 사진이 나왔다면, 글로 돌아 가서 다시 읽어보기.

4. 상상이 잘 되고 머릿속에 이미지가 잘 그려지는 페이지 또는 기억 에 남는 장면들이 담긴 페이지를 표시해 두기.

5. 심심하거나 다른 곳으로 훌쩍 떠나고 싶을 때, 그 페이지를 펼쳐서 읽기. (작가의 바람: 그런 페이지가 단 한 페이지라도 있길…!)

01

이탈리아

: 풍경이 찰랑대니 기억이 넘실거려

아침의 수상버스

- 베네치아

나는 지금, 수상버스 위에 있다.

탈탈탈탈.

엔진이 힘없는 소리를 낸다.

앞을 본다.

때가 탄 적갈색 벽돌이 양 끝에서 모이자

다리가 아치형을 이룬다.

그 위를 지나가는 작은 사람들과

그 밑을 지나가는 나의 수상버스.

반대편을 본다.

파스텔 색조의 건물에 오렌지 태양이 내려앉는다.

건물을 사이로 대칭을 이루는 하늘과 바다는

갖가지 구름과 하얀 윤슬을 뿜낸다.

하늘에서 둥글게 퍼지는 빛이 물의 표면에 닿는다.

빛이 양옆으로 붉게 퍼진다.

반짝이게 자글거리며.

떠나고 싶어질 땐 사진을 봐 떠날지 머리가

머리가 하지 못해도 마음은.

부드럽고 엷은 빛깔

- 무라노섬

나는 지금, 무라노섬에 있다.

노란색, 주황색, 분홍색, 빨간색 건물들.

그곳에 반듯이 쑥 들어간 네모난 창문들.

창틀에 걸린 색색의 빨래들.

부드럽고 엷은 빛깔이 가득하다.

수두룩한 세월이 느껴진다.

밝았던 채도가 부드럽게 변한 지금,

때 묻은 시간이 쨍하게 드러난다.

강렬한 햇빛이 강하게 다가오다가

이내 엷게 닿으며

어느 할아버지를 비춘다.

그 빛은 그의 남색(藍色) 코트를 타고 올라가

빨간 목도리를 지나고

남색(藍色) 베레모 아래 빨간 안경테를 통과한다.

그렇게, 할아버지의 얼굴에
또 다른 갈색빛 버섯을 찍는다.

동글동글 귀여운 버섯들이
그의 얼굴에서 환하게 빛난다.

밝았던 채도가 부드럽게 변한 지금,

때 묻은 시간이 쨍하게 드러난다.

가면 축제: 익명 속 열정

- 부라노섬

나는 지금, 부라노섬에 있다.

수많은 가면이 공중에 매달린 채
뚫린 두 눈으로 나를 본다.

그중 한 가면에 시선이 멈춘다.

하얀색 바탕에
하늘색과 금색 바둑무늬가 눈 주변에 얼룩덜룩.
그 중앙에 모인 서로 다른 음표들.

저 멀리,
화려하게 치장한 사람들이 둥그렇게 서로를 둘러싸고는
서로의 웃음을 나눈다.

높게 솟은 깃털을 꽂은 모자와 새빨간 원피스.
은빛 자수가 섬세하게 놓인 유니폼과 보랏빛 알라딘 바지.
그리고 레이스 소매를 가진 진파란색 외투와
은빛 사자가 달린 지팡이.

각양각색의 물건들로 단장을 한

각양각색의 사람들이 나를 향해 고개를 돌린다.

그리고 크게 외친다.

"벤베누토(Benvenuto)!"

화려하게 치장한 사람들이 둥그렇게 서로를 둘러싸고는

서로의 웃음을 나눈다.

밤의 수상버스
- 베네치아

나는 지금, 수상버스 위에 있다.

찬바람은 나를 스치고
어둠은 묵직하게 내려앉는다.

길쭉한 등대에서 하얀빛이 뿜어져 나온다.
그 빛은 하늘을 향해 무수히 나아간다.

물가를 따라 선 가로등에서 빛이 난다.
물의 표면이 자글거리며 빛난다.

오른쪽을 본다.
패딩을 입고 모자를 뒤집어쓴 아이가 나를 본다.
그 옆에 있는 또 다른 아이의 머리를 가볍게 잡는다.
그리고 나를 향해 돌린다.

둘이 동시에 웃는다.
맑고 순수하다.

왼쪽을 본다.

하늘을 향해 휴대폰을 뻗고 있는 아이와 눈이 마주친다.

수많은 별자리를 담은 휴대전화 화면이 파랗게 빛난다.

쌍둥이자리 같은 그녀다.

길쭉한 등대에서 하얀빛이 뿜어져 나온다.

수많은 갈색의 도시

- 베로나

나는 지금, 갈빛 때가 묻어나는 거리 위에 있다.

반듯하고 어떨 때는 어긋나게 가득 모인
회색빛 돌 조각들이 바닥에서 길을 이룬다.

그 길 위로
반듯한 네모 모양의 창문을 가진,
반듯한 네모 모양의 건물들은
오랜 세월의 향기를 품은 채 굳건하다.

매끈한 표면의 연갈색 건물들.
표면이 벗겨진 고동색 건물들.
촘촘한 벽돌의 적갈색 건물들.
갈색빛이 내려앉은 이곳이다.

밖으로 삐져나온 테라스에는
연두색 풀잎들이 생기를 북돋는다.

동그랗게 머리를 묶은 조각상이
가장 높게 선 시계탑을 향해

칼을 뽑는다.

칼끝이 햇빛에 반사된다.

나의 고개를 돌릴 때마다

그녀의 칼끝은 반짝반짝 빛을 낸다.

나의 고개를 돌릴 때마다

그녀의 칼끝은 반짝반짝 빛을 낸다.

황사가 하늘을 덮은 하루

- 베로나

나는 지금, 길쭉한 가로등 아래에 있다.

내 앞으로 할머니와 할아버지가 손을 잡고 걸어간다.

흰머리가 햇빛에 반짝인다.

뿌연 먼지가 천천히 떠다닌다.

구름 한 점 없는 하늘이지만,

멀겋고 뿌옇다.

군데군데 길쭉하게 선 나무들과

그 사이를 비집는 고동색 지붕들.

연하늘색의 강이 넓게 흐르고

맞은편에 있는 아치형 다리 밑을 지나간다.

'강가에 더 가까이 가보자.'

오른쪽으로 좁게 선 돌계단을 내려간다.

시선이 점점 낮아진다.

강가를 따라 낮게 위치한 산책로 위에서

어린아이는 생기 넘치게 뛰어다니고

할아버지는 침묵을 지키며 그들을 바라본다.

여전히 그녀의 손을 잡은 채.

영국 남동부에 있는 브라이턴 해변.

영국의 전형적인 휴양지이다.

흘러내리는 초콜릿 크레이프

- 베로나

나는 지금, 달콤한 것들이 잔뜩 진열된 가게 앞에 있다.

미세한 노란 씨앗을 잔뜩 품은

새빨간 딸기 위로

초콜릿이 진득하게 흐른다.

(5유로. 비싸다.)

뿌연 연기를 모락모락 내며

크레이프가 따끈하게 구워진다.

그 안으로 눅진한 초콜릿이 발린다.

(1유로 50센트. 살 만하다.)

동그랗고 투명한 안경을 쓰고

검은 정장을 단정히 입은

민머리 아저씨에게 1유로 50센트를 건넨다.

"일반 크레이프 하나 주세요."

크레이프를 담은 원뿔 형태의 콘이 나온다.

(2유로짜리. 이건 내가 주문한 것이 아니다.)

"제가 주문한 건 1유로 50센트짜리
콘 없는 크레이프인데요?"

흔들리는 눈동자.
그의 손에 쥐어진 동전들을 다시 확인한다.

"혹시 너만 괜찮으면 그냥 그거 먹어도 돼."
'앗싸! 땡잡았다!'

초콜릿이 흘러내린다.
부드러운 크레이프 위로.
바삭한 원뿔 형태의 과자 위로.

내 손 위로 흐르기 전에
한입에 넣고 씹어 삼킨다.

목구멍으로 초콜릿이 줄줄 흘러내린다.

내 손 위로 흐르기 전에 한입에 넣고 씹어 삼킨다.
목구멍으로 초콜릿이 줄줄 흘러내린다.

증식되는, 다른 형태의 세계
- 베로나

나는 지금, 거리 위를 걷고 있다.

양옆으로 지나가는 파스텔 색조 건물들.
저마다의 모양으로 가꿔진 테라스.

테라스에 걸린 연두색은
물때 자국이 낀, 단조로운 건물에 생기를 불어넣는다.

바람이 살랑살랑 불어온다.
막 널어놓은 빨래가 펄럭이고
일상 냄새가 진하게 번진다.

그 냄새는 나의 얼굴에 밀려들어
끈끈한 눈 점막에 스며들고
끈적한 코점막에 빨려든다.

이곳에서 내가 맡은 역할은 [이방인 1].

그러나 그 순간.
잠시 그 역할을 내려놓고 그들의 일상에, 순간에 흡수되어 이곳의 [주민 1]이 되어 본다.

그렇게,

나의 세계는 확장된다.

테라스에 걸린 연두색은
물때 자국이 낀, 단조로운 건물에 생기를 불어넣는다.

중세 RPG 게임 속 도시

- 산 지미냐노

나는 지금, 그로사 탑의 종탑을 향해 올라가고 있다.

마지막 한 발이 돌바닥을 디딘다.

나의 모든 몸이 위로 빠져나오자

텁텁하고 건조한 바람이 나의 몸에 훅 밀려온다.

1.

상체를 숙여 왼쪽으로 빠져나간다.

광막한 배경이 눈앞에 차르륵 펼쳐진다.

빛바랜 고동색 지붕이 옹기종기 모여 있는 마을 밖으로

쫙 깔린 (아마도) 올리브밭과 포도밭.

마을 입구부터 두오모 광장까지 길이 쭉 뻗어 있고

광장의 중앙에 있는 잿빛 우물 주변으로 사람들이 바글바글하다.

2.

뒤의 경치를 보기 위해

다시 상체를 숙여 종 아래를 지나간다.

완만히 펼쳐진 구릉지와 아스라이 보이는 산자락.

얇고 길쭉하게 뻗은 녹색 나무들이 듬성듬성 자리를 채운다.

또랑또랑하지 않고 칙칙한 하늘.
부연 먼지가 하늘에서 내려와 그들을 살포시 덮는다.
느릿하게 퍼지는 먼지가 고요하게 뒤덮인 전원 풍경은
무거운 회색 바탕의 폭풍 전야를 닮는다.

꿈꿔온 풍경
- 마나롤라

나는 지금, 마나롤라 역을 향해 달리고 있는 기차 안에 있다.

기차는
아기자기한 건물들이 모여 있는 마을을 지나고
여러 동물이 느릿하게 움직이는 싱그러운 연둣빛 들판을 지나서
깜깜한 터널 안에 들어간다.

터널 중간중간에 뚫려 있는 투박한 구멍들.
그 구멍 사이로 밖의 경치가 빠르게 지나간다.

반짝반짝 빛나는 파랑의 모습.
연파랑의 하늘과 진파랑의 바다가 경계를 이룬다.

구름 틈 사이에서 세로로 쏟아지는 햇살이
검푸른 바다 안으로 뛰어들어
어두운 수면 위에 하얀 막을 씌운다.
그 막은 햇빛에 반사되어 반짝반짝 빛을 낸다.

구름이 바람에 의해 오른쪽으로 이동하고
연노란색의 빛줄기도 얄랑이며

바다와 함께 오른쪽으로 흐른다.

'아, 이거다.

내가 [루카][1]에서 보던,

그토록 꿈꿔온 풍경이다.'

1) 2021년 6월 17일에 개봉한 디즈니 영화

파스텔색을 품은 웅장한 돌산 마을
- 마나롤라

나는 지금, 돌로 된 터널 안에서 앞을 향해 걸어가고 있다.

엄청난 오르막길과 파스텔톤 주택들이 세로로 펼쳐진 아래로
약간의 내리막길과 짙은 지중해가 가로로 펼쳐진다.

내리막길을 따라 드넓은 바다를 향해 걸어간다.
강한 열기를 내리쬐는 태양 아래서 파도는
돌무더기에 부딪히고 무수한 흰 거품을 내며 춤을 춘다.

풍덩.
키가 큰 흰머리 할아버지가 웃옷을 벗고
그 끝없는 물속으로 뛰어든다.
그렇게, 그는 자유로운 흰수염 고래가 되어
푸른 액체 안을 헤엄친다.

갈빛 뽀글머리 소년은 새파란 캔버스화를 벗고
바다 바로 앞에 있는 바위 위에 앉는다.
그리곤 칠흑빛 민소매에서 빠져나온 양팔과 머리에
광합성을 하며 책을 읽기 시작한다.

나는 그의 옆에 있는 또 다른 바위 위에 선다.

파도가 내가 선 바위를 친다.

작게 부서진 물방울들이 알알이 튀어 오르며 반짝이고

순간적으로 나를 향해 쏟아지며 나의 몸 곳곳에 닿는다.

"아, 자유롭다."

더 괜찮다.

그리고 작은 일에 만족하며 더 많이 웃을
바로 그런 힘을 얻어야만 한다.

이곳은 너무 위험해

- 마나롤라

나는 지금, 파스텔색 건물로 둘러싸인 거리를 걷고 있다.

1.

나를 둘러싼 모든 것은 은은하고 고요하며

사랑스럽고 아름답다.

귀여운 파스텔 색조의 건물들과

그 사이를 뛰어다니는 소녀들.

'아, 이보다 더 귀여운 것이 있을까.'

몽실 구름이 하늘을 떠다니고

고요한 색감의 건물들이 굳건히 서 있으며

붉은 얼굴의 소녀들이 신나게 뛰어다니는 이곳.

'그래, 이것들보다 더 귀여운 것은 없어.'

2.

모든 사랑스러움과 아름다움을 한껏 누리며

이제 더는 심장이 벌렁대지 않아도 된다는 안도감 속에서

고개를 돌린 그때.

검은 고양이가 노란 눈동자를 땡그랗게 뜨고 어딘가를 응시한다.

'앗. 방심했다.'

다시

두근거리고 욱신거리는 심장을 부여잡고 생각한다.

'이곳. 위험하게 귀엽잖아!'

나를 둘러싼 모든 것은 은은하고 고요하며 사랑스럽고 아름답다.

검은 고양이가 노란 눈동자를 땡그랗게 뜨고 어딘가를 응시한다.

⋮

'앗, 방심했다.'
'이곳. 위험하게 귀엽잖아!'

작은 우주를 주웠다

- 몬테로소 알 마레

나는 지금, 바닷가 바로 옆에 붙어 있는 거리 위에 있다.

터벅터벅터벅.

바닷가로 이어진 돌계단을 내려간다.

태양은 이미 해수면 아래로 내려가 하늘과 바다를 물들인다.

하늘과 바다는 해수면을 기준으로 데칼코마니를 이루며

연분홍색-연노란색-연하늘색의 그러데이션을 결성한다.

자박자박자박.

모래와 작은 돌들을 밟으며

그러데이션의 끝을 향해 느릿느릿 나아간다.

연하늘빛 액체가 몽실한 거품을 만들며 신발 앞까지 다가온다.

그 균일한 물 표면 위로 하얀빛들이 지글거린다.

자잘한 모래와 작은 돌들이 나의 발 앞까지 쓸려온다.

돌멩이 하나가 연보랏빛을 은은하게 반짝인다.

가까이 다가가 그것을 집는다.

연보라색 바탕에 오묘하게 섞인 하늘색과 분홍색.

그 위로 하얀색의 작은 점들이 콕콕 흩뿌려져 있다.

(마치 작은 우주를 잡은 것 같은 신비로움.)

'아, 하나같이 다 예쁘네.'

연보라색 바탕에 오묘하게 섞인 하늘색과 분홍색.

그 위로 하얀색의 작은 점들이 콕콕 흩뿌려져 있다.

정적을 깨는 소리들

- 몬테로소 알 마레

나는 지금, 마을의 광장 같은 곳의 한가운데에 서 있다.

제자리에서 얼굴을 고정한 채로도 광장 전체가 보일 만큼

광장의 규모가 작다.

황톳빛 벽에 난 작은 창문에서 백색광이 새어 나온다.

거리 곳곳에 선 얇은 가로등은 마을을 붉게 물들인다.

하늘의 검푸른 빛은 땅에 닿을 수 없다.

오른쪽을 본다.

빨간색, 주황색, 노란색으로 조립된

플라스틱 미끄럼틀이 있지만,

사람은 아무도 없는 놀이터.

하하하하.

소리에 놀라 왼쪽으로 고개를 휙 돌린다.

유일하게 운영 중인 식당의 테라스에 앉아 있는 일곱 명.

그들은 둥글게 모여 앉아 스프리츠[2]를 마시고

서로 말을 섞으며 웃음을 만든다.

2)   형광 주황빛의 상큼한 액체이며 와인과 리큐르를 베이스로 한 칵테일

광장에서 빠져나와 기차역으로 돌아가는 길.
바닷가 바로 옆에 붙어 있는 거리를 따라 내려간다.

오른쪽에는 허름한 건물이 간간이 있고
왼쪽에는 지중해가 물결을 이루어 계속 움직이지만,
거머푸르레한 어둠이 그들 위에 내려앉아 그들을 집어삼킨다.

깜빡이는 하얀 빛을 향해 뛰어간다.
아무도 없는 접수대에서 백열전구만 깜빡인다.
그 앞에서 묵묵히 작동하는 자줏빛 승차권 기계 하나.
모니터를 빠르게 누르고 카드를 갖다 대자
빳빳한 기차표가 구멍에서 툭 떨어진다.

기차표를 손에 꼭 쥐고 철로 된 벤치에 앉는다.
딱딱한 등받이에 등을 기대고 눈을 감는다.
차가운 바람과 일정하게 철썩이는 파도 소리.

멀리서 나지막하게 들리던 기차 소리가 점점 요란해진다.
철컹철컹철컹.
화들짝 놀라 눈을 번쩍 뜨고
뒤로 넘어가려는 고개를 바로 세운다.

"자, 이제 돌아가자."

벨기에

: 모든 시선이 아름다운 멜로디를 이뤄

바다, 구름, 하늘 그리고 그들
- 브뤼셀

나는 지금, 벨기에 왕립 미술관에 있다.

팬트리 속 작은 엽서 하나가 눈에 띈다.
홀린 듯 다가간다.

사파이어 빛의 바다.
그 위로 폭닥폭닥한 구름이 잔뜩 떠 있다.

새파란 하늘 앞.
검은 모자를 쓴 두 사람이
공중에 뜬 채 도란댄다.

홀린 듯 손에 들고
가만히 바라본다.
마음이 편하다.

엽서가 꽂혀있던 검은 팬트리.
그 위에 쓰여 있는 검은 문장.
'르네 마그리트[3]의 작품.'

3) 벨기에의 초현실주의 화가

도망친 하늘에:

적어도 더 나은 미래가 있을 거라 믿었던 나에게 해주고 싶었던 말이다.

비현실적인 순간

- 브뤼셀

나는 지금, 기차를 타기 위해 브뤼셀역으로 가고 있다.

어디선가 노랫소리가 들린다.

감미로운 목소리를 감싸는 서정적인 반주.

비집고 들어갈 틈이 있는지 알아보기 위해 사람들 사이를 얼쩡거린다.

앞에서 공연을 보고 있던 한 여자가

부드러운 금발을 찰랑이며 자신의 옆자리를 내어 준다.

"앗. 땡큐!"

검정 비니를 쓰고 검은 외투와 바지를 입은 한 남자가

검정 스탠드 마이크 앞에서 노래를 부른다.

'아, 분명 어디서 많이 들어봤는데.'

"저기, 혹시 이 노래 제목이 뭔지 알아?"

"John Lennon의 [Imagine]일 거야."

고개를 들어 하늘을 본다.

구름 한 뭉텅이가 뭉게뭉게 움직이며

차갑게 빛나는 달 아래를 지나간다.

하늘을 향해 뻗은 나무를 본다.

굵은 나무줄기에서 뻗어 나온 빼빼 마른 나뭇가지들.

그들 사이로 연한 달빛이 새어 내린다.

'아, 지금, 이 상황.

뭔가 비현실적이다.'

투명한 둥근 방울

- 겐트

나는 지금, 한 자리를 꿋꿋이 지키고 있는 아저씨를 보고 있다.

1.

검정 비니를 눌러쓰고 빨간 패딩을 입은 그 아저씨가

기다란 나무 막대기를 검은색 통에 풍당 넣는다.

담긴 막대기를 위아래로 조금씩 움직이자

비눗물이 찰랑이며 통 밖으로 조금씩 흘러내린다.

길거리 위로 떨어진 비눗물은

메마른 겨울 공기와 따사로운 햇볕에 의해

하얗게 보글거리며 말라간다.

2.

아저씨가 나무 막대기를 번쩍 들어 올리자

막대기에 달린 원 모형에 묻힌 비눗물이 달싹달싹 움직이고

바람에 의해 앞으로 주욱 튀어나온다.

동글동글 유리알 같은 비눗방울이 뻐끔뻐끔 공중을 부유하고

아이들은 해맑게 웃으며

그 무지갯빛 방울을 천진난만하게 따라다닌다.

메아리처럼 퍼지는 투명한 방울은

바람을 따라 이리저리 떠다니다

그토록 해맑은 아이들의 손에 터진다.

펑.

상이한, 낮과 밤의 기운

- 겐트

나는 지금, 운하 주변을 걸어 다니고 있다.

1.

반듯하게 선 고딕 양식의 건축물들 사이로
태양의 빛줄기와 하늘의 푸르스름한 기운이
세로로 길게 퍼지며 서린다.

사람들을 빼곡히 실은 하얀 보트 하나가
다리 밑으로 다가오고
운하를 따라 난 돌길 위에 선 사람들은
저마다의 시간을 보낸다.

지금 이곳의 주인공은 인간이다.
햇빛을 가리는 건물들의 뒷면에는 그늘이 드리워지지만,
오순도순 모인 인간들은 햇빛을 통해
하얀 스포트라이트를 받는다.

그렇게, 그들의 활기가 여기저기에 깃든다.

2.

반듯하게 뻗은 운하와 거리 위로
달의 빛줄기와 하늘의 검은 기운이
가로로 길게 퍼지며 서린다.

어둠을 머금은 운하가 건물의 빛을 빨아들이고
운하를 따라 난 돌길 위에 앉은 사람들은
조용히 그것을 바라본다.

지금 이곳의 주인공은 건물이다.
바닥에 박힌 조명들이 인간들의 얼굴에는 그늘을 드리우지만,
뾰족하게 솟은 건물들은 조명을 통해
노란 스포트라이트를 받는다.

그렇게, 그들의 적막이 이곳저곳에 깃든다.

그렇게, 그들의 활기가 여기저기에 깃든다.

그렇게, 그들의 적막이 이곳저곳에 깃든다.

03

모로코

: 별빛의 존재는 메마른 감정을 축여

행성적이다
- 사하라 사막

나는 지금, 가장 큰 낙타 위에 있다.

무한히 맑은 파랑이 나를 둘러싼다.
유일하게 밝은 점을 띄운 채.

바람이 분다.
바람을 타고 앞으로 나아간다.

건조하게 말라버린 오렌지빛 가루들이
가뿐하게 날아간다.

반대편에서는 해가 지고
정면에서는 반달이 내려온다.

노랗게 지는 하늘.
끝없이 파랗던 하늘에 경계가 생긴다.

무한히 맑은 어둠이 나를 둘러싼다.
선명히 밝은 빛을 품은 채.

(두 얼굴을 지닌 우주로 들어온 듯)

하늘은 무한하고 땅은 유한하다.

"와, 행성적이다."

무한히 맑은 파랑이 나를 둘러싼다.
유일하게 밝은 점을 띄운 채.

노을 질 무렵
- 사하라 사막

나는 지금, 사하라 사막의 모래 언덕 꼭대기 위에 서 있다.

1.

바람에 맞서 부들거리며 버티던 모래 알갱이들이
바람과 함께 날아와 내 발등 위로 사뿐히 내려앉는다.

사사삭.
아래를 본다.
사막 물고기가 내 발 옆을 빠르게 지나친다.

혼자 툭 튀어나온 모래 덩이가 앞으로 달려가고
바람이 그가 남긴 흔적을 재빠르게 지운다.

느릿하게 그를 따라가던 쇠똥구리가
작고 얇은 발자국을 남기며
사라진 자취 위로 새로운 흔적을 남긴다.

2.
앞을 본다.

모래와 하늘이 맞닿아 경계를 이루는 선 아래로
크고 둥근 노을이 내려가며
주황빛 하늘이 서서히 핏빛으로 물든다.

하늘은 붉은 대지 위로 핏빛을 가득히 뱉어내고
나의 몸은 그 빛깔에 빨려 들어간다.
발갛게 달아오른 공기의 따스함이 손끝에 닿는다.

붉은 공기는 나를 포근하게 감싸며 어루만지다가
태양이 사라짐과 동시에 파랗게 변하며 멀어진다.

3.
주변을 둘러본다.
하늘과 모래밖에 없는 이곳.
저 멀리서 우리와 같은 무리가 우리를 향해 다가온다.

푸석푸석한 모래바람을 견디기 위해
온몸과 얼굴에 천을 두른 채.

가장 앞에 있는 사람이
가장 앞에 있는 낙타의 고삐를 잡고 걷자
세 마리의 낙타가 뒤이어 따라온다.

그렇게, 그들은 굽이진 모래 언덕들을

다 함께 굽이굽이 넘는다.

작고 얇은 발자국을 남기며 사라진 자취 위로 새로운 흔적을 남긴다.

어둠이 오기까지

- 사하라 사막

1.

중앙에 해와 달이 한눈에 보인다.

해는 이미 빨갛게 지워지며 원 모양으로 빛나고

달은 새로이 하얗게 차오르며 반달 모양으로 빛난다.

왼쪽 구석에 네 명의 사람들이 일렬로 앉아서

그 경치를 바라본다.

2.

멀찌막이 보이는 희미한 모양.

(산인지 구름인지 또 다른 모래 언덕인지는 모르겠지만,)

붉게 빛나는 태양 하나가 그 희미한 모양에 반쯤 걸린다.

하늘부터 땅까지

모두 붉게 타오르는 세상.

3.

끝없는 어둠 속에서 끝없는 모래 언덕을 넘으며

'이제 낙타 그만 타고 싶다. 베이스캠프 언제 나오지…'

라는 생각을 세 번째 할 무렵.

회색빛 하늘 아래서 밝게 빛나는 베이스캠프가
눈앞에 나타난다.

회색빛 하늘 아래서 밝게 빛나는 베이스캠프가 눈앞에 나타난다.

밤 아래 쏟아지는 빛

- 사하라 사막

나는 지금, 사하라 사막 위에 누워 있다.

오른쪽을 본다.
아래로 달이 떨어진다.

달이 지평선에 닿는다.
동그랗게 웅크린 빛이 흩어진다.

위로, 더 위로.
앞으로, 더 앞으로.

까맣게 내려앉은 어둠을 빛으로 감싸고
지평선을 이루는 모래를 빛으로 비춘다.

무한한 스펙트럼이 투명하게 밝다.

위를 본다.
아래로 별이 떨어진다.

무수한 점이 길을 이룬다.

희미하지만 분명하다.

'아, 나는 진짜 사소하고
지구는 진짜 둥글구나.'

나는 희망을 안고 다시 운전을 시작했다.

그곳에 도착할 때까지.

황톳빛 세상
- 토드라 협곡

나는 지금, 돌산으로 둘러싸인 길 위에 있다.

광활하게 뻗어가는 풍경이 황톳빛 돌산에 막힌다.
울퉁불퉁하지만 굳건하다.

그 아래로 수많은 잔모래가 지글거리며 모인다.
굳은 모래들은 거대하게 굳은 사각형이 된다.

빽빽하게 내려앉은 황톳빛 네모들.
반듯하지만 건조하다.

그 앞으로 새로운 빛의 파장이 뿜어 나온다.

초록빛 생기가 한두 방울 더해진다.
황톳빛 세상에 활력이 돈다.

간간이 있는 초록색 야자수들과
간간이 자란 연두색 잔디들.

'그 양이 많지는 않지만,

그 색이 싱그러워 눈에 가득 담기네.'

광활한 초원과 협곡 사이에 자리 잡은 웅장한

성채의 모습에서 고대의 신비로움이 느껴진다.

오스트리아

: 산과 강의 꿈이 나에게 흘러들어

여행객들이 주는 위로

- 할슈타트

나는 지금, 할슈타트호를 가로지르는 배를 타러 가고 있다.

할슈타트 역에 내린 수많은 사람에 휩쓸려

얼떨결에 배를 타는 선착장으로 갈 수 있게 된 나.

그 사람들을 자세히 관찰해 보니 모두가 다 여행객들이다.

사진을 남기기 위해 휴대폰을 꺼내면,

어떤 이도 휴대폰을 꺼내고

어떤 이는 카메라를 꺼낸다.

여행을 하다 보면 [여행객]들보다는 [일상객][4]들이

나의 주변에 많으면 좋겠다는 생각을 하기도 한다.

그러나 이곳에서는

나와 같은 '여행객'들이 주변에 많다는 것.

비슷한 장소에서 비슷한 방향을 향해 사진을 찍는 행위.

[관광 중]임을 드러내는 큼지막한 배낭.

이 모든 것들이 나에게 위안을 준다.

4)   일상을 사는 주민

이것은

그림 같은 이 경관을 함께 즐기고 있다는 것이며

[여행]이라는 투명한 끈에 연결되어

함께 살아가고 있다는 것이다.

[여행]이라는 투명한 끈에 연결되어 함께 살아가고 있다는 것이다.

일단 즐기기
- 할슈타트

나는 지금, 등산을 하고 있다.

산을 오르다 문득 오른쪽을 바라본다.

건너편에 있는 또 다른 산들의 모습.

오밀조밀 모여 있는 마을의 모습.

푸르른 하늘을 담은 호수의 모습.

모든 모습이 동화 같은 이곳이다.

숨죽인 채 흐르는 호수 위 물결과

황홀하게 찬란한 호수 위 윤슬은

그러한 모습을 유난히 반짝이게 만들고

그러한 생각을 더욱 신실하게 만든다.

가만히 그 모습을 바라보다

확실하게 번뜩이는 생각이 뇌리를 스친다.

'이곳의 물결이 칠 때마다 그것은 하나둘 모일 것이다.

그렇게, 기억은 쓰나미가 되어

나에게 한번에 휩쓸려 올 것이다.'

씁쓸해질 찰나.

또 다른 생각이 뇌리를 스친다.

'그러나 벌써부터 헛헛해질 필요는 없지, 그럼!'

파란 빛 맑은 호수에 담겨 흐르는 마을.

천국처럼 아름답고 또 또한 신비로운 마을.

비슷한 듯하지만 제법 다를 걸

- 할슈타트

1.

폭포가 산맥을 따라 콸콸콸 떨어진다.

아래로 내려간 물줄기는 길을 따라 흘러간다.

벚꽃이 쓰러지는 길을 따라.

그렇게 모인 물이 거대한 호수를 이룬다.

2.

구름이 옅은 흔적을 남긴 하늘.

단단한 칠판 위에 하얀 분필을 그은 것만 같은 설산.

커다란 산 아래로 지는 태양을 따라

커다란 산 그림자가 호수 위에 진다.

더욱 선명히 짙어지는 시계탑.

3.

침울함과 우울함과 쓸쓸함을 상징하는 그곳은 이곳이 아니다.

이곳이 그곳이라고 생각했지만, 전혀 다른 분위기.

이 공동묘지는 다양한 종류의 꽃으로 꾸며진 채

호수와 돌산을 바라보고 햇살이 가득히 비친다.

이곳은 그런 곳이다.

벚꽃이 쓰러지는 길.

선명히 짙어지는 시계탑.

이곳은 그런 곳이다.

산이 좋은 이유

- 인스부르크

나는 지금, 인스부르크를 향하는 기차 안에 있다.

기차가 출발하기를 기다리는 중.

창문을 통해서 한 쌍의 부부가 보인다.

'Willkommen.'[5]이라고 쓰인 플래카드와 꽃다발을 들고

기차가 오길 기다리는 그들.

곧이어 기차가 도착하고 금발의 한 여자아이가 내린다.

그녀를 발견한 그들은 함박웃음을 지은 채

그녀에게 달려가 꼭 껴안는다.

나를 기다리는 누군가가 있다는 것과

나를 찾아오는 누군가가 있다는 것은

기분 좋은 축복임을 느끼게 해주는 순간.

기차가 출발하자 다채로운 자연이 지나간다.

높은 언덕 위에 있는 나무집들.

초원과 호수를 건너 설산 아래 모인 작은 마을.

5) '환영'의 의미를 지닌 독일어

들판 위에 있는 풀들을 먹으며 여유롭게 어슬렁거리는 소들.

방목된 소들의 행동에는 자유로움과 만족감이 묻어나 있음을
잠깐이지만 깊게 깨닫는다.

언덕 위에 있는 나무집들.

설산 아래 모인 작은 마을.

실현될 수 있는 꿈나라

- 인스부르크

나는 지금, 꿈나라에 있다.

그런데 이제 환상이 아닌 [실현될 수 있는] 실상의 세계에.

눈앞에 도저히 믿기 힘든 풍경이 펼쳐진다.

(실제로 보고 있어도 도저히 믿기지 않는다.)

내가 보고 있는 것들이 어딘가에 담겨 타인도 보게 될 그제야

이것이 현실이었음을 자각(自覺)할 수 있을 거 같아서

계속해서 휴대폰을 갖다 댄다.

설산과 벚꽃과 튤립과 초록 나무가 한 프레임에 찍힌다.

그 촬영된 사진을 한 번 보고 그 경치를 한 번 보는 것을

번갈아 반복하며 감탄한다.

'아니, 어떻게 겨울과 봄과 여름이 동시에 존재할 수 있지?'

풀밭에 외투를 깔고 앉아

미리 사 온 아보카도 김초밥과 써브웨이 샌드위치를 먹으며

오후를 보낸다.

그렇게 3시간이 지난다.

툭. 툭.

정수리로 비가 한두 방울 떨어진다.

'이제 갈 때가 된 건가.'

공원을 떠나려는 길에 할아버지와 강아지를 발견한다.

벤치에 앉아 쉬고 계신 할아버지 앞에서

함께 앉아 쉬고 있는 뽀글뽀글한 강아지.

"와, 진짜 인형처럼 생겼어요! 강아지 이름이 뭐예요?"

"올리야."

"안녕, 올리! 혹시 강아지 사진 찍어도 될까요?"

"그럼~."

이제 진짜로 공원을 떠나 기차역으로 가려는 순간.

흐렸던 날씨가 다시 맑아지며 나에게 햇살이 비친다.

'아…. 나한테 왜 이래….'

벗어나야 하는데 벗어날 수 없는,

쳇바퀴에 갇힌 다람쥐가 되어버린 채

이곳저곳을 빨빨 돌아다니며 사진을 찍고 눈에 담는다.

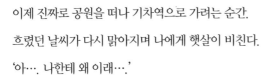

조각상 아래에서 나오는 분수를 바라보는 귀여운 아기들.

설산을 앞에 두고 탁구를 즐기고 있는 사람들.

탁구대 주변으로 장애인, 아이, 청년, 노인들이 와글거린다.

그들은 누구 할 것 없이 자유롭게 모여 게임을 하며

기분 좋은 에너지를 만들어낸다.

애초에 이 공원은 날 보내줄 생각이 없다.

'아, 내가 이 공원에서 떠날 생각이 없는 건가.'

내 삶이 송두리째 흔들리면 그래도 이곳으로 다시금 돌아올 수 있지 않을까.

가장 사랑할 수밖에 없는 이곳
- 빈

나는 지금, 국립 오페라 극장을 보고 있다.

을씨년스러운 날씨.
비가 추적추적 내리지만 우산 따위는 사치.
이 정도 비쯤은 그냥 맞아준다.

(그럼에도 탈모는 걱정되니까)
벨기에서 5유로를 주고 산,
마치 외계인 같이 진한 초록색 비니를 써준다.

비니에서 뚝뚝 떨어지는 물방울들이
속눈썹 위로 간간이 맺힌다.

입안에선 사탕이 도르르 도로로 굴러가고
바닥을 뵤이뵤잉 튀어 오르는 탱탱볼 하나가 데굴데굴 굴러
빗물을 빨아드리는 하수구에 풍당 빠진다.

몸은 이미 조금 젖은 상태.
계속해서 걷다 보니 도저히 너무 추워서
결국 카페로 피신한다.

초콜릿 생크림 컵케이크와 오렌지 핫초코를 시킨다.

내가 시킨 것들 두 가지와 물이 나온다.

'오, 물이다!'

맛은 가격 대비 그저 그랬지만,

물을 따로 요청하지 않았음에도 물을 제공해 준 점과

무엇보다 추위를 피할 수 있다는 점에 큰 의의를 둔다.

겉옷이 마르고 여행에 대한 나의 의욕도 말라버린 지금.

이럴 땐 거창한 계획들은 과감히 내려놓고

1차원적인 것들을 충족시켜 줘야 한다.

오늘은 오스트리아를 떠나는 날.

'이곳에서만큼은 먹고 싶은 걸 다 먹어보겠다.'라는

결의(決意)한 다짐을 하며 처음으로 동행을 구한다.

(빈을 제외한 다른 지역들이 너무나도 좋았기에

오스트리아를 어떻게든 나의 최애 나라로 만들기 위한 발악일까.)

[피그뮐러]라는 식당의 건물 안에 서서 동행을 기다린다.

사람들이 건물 안으로 들어온다.

그중 한 남자가 쭈뼛쭈뼛 나에게 다가온다.

서로 어색하게 통성명을 마치고 바로 가게 안으로 들어간다.

슈니첼, 감자샐러드, 타펠스피츠, 사과주스를 시킨다.
식탁을 가득 채운 음식들.

"와, 슈니첼 크기가 정말 크네요. 만약 저 혼자 왔다면,
다른 음식을 시키긴커녕 슈니첼도 다 못 먹었을 거예요."
"하하. 저도 혼자 왔으면 슈니첼도 다 못 먹었을 거예요.
그리고 준이님이 시키신 감자샐러드 상큼하고 맛있네요."

그렇게 음식에 대한 품평회가 이어진다.
"슈니첼만 먹으면 물리는데 감자샐러드랑 같이 먹으면 계속 들어간다.
타펠스피치는 우리나라 갈비탕 같은데 좀 더 맑고 깔끔한 느낌이다."
등등.

"오늘 오스트리아를 떠나서 먹고 싶은 것들이 많았는데
메뉴 선택권도 저한테 주시고 마음껏 시켜도 된다고 하셔서
덕분에 여한(餘恨) 없이 다 먹을 수 있었습니다."
"뭘요. 저도 덕분에 맛있는 음식 잔뜩 먹고 갑니다.
아! 그리고 이거 안 드셔보셨다고 하셔서."

그가 가방에서 무언가를 주섬주섬 꺼내서 건네준다.
금색 포장지에 모차르트가 그려진 초콜릿.

포장지를 뜯어 입안에 초콜릿을 넣고는
혀를 이리저리 굴려 그것을 녹인다.
달짝지근한 맛과 향과 감촉으로 가득 차버린 순간.

'아, 역시. 오스트리아는 가장 사랑할 수밖에 없어.'

무언가를 가장 사랑한다는 것은
그것에 콩깍지가 제대로 씌었다는 것.

사실상 객관적으로 보면 안 좋아할 이유도 수만 가지이지만,
단순히 몇몇의 이유로 그것들을 모두 뛰어넘을 수 있는 것.

이런저런 잡다하고 부가적인 이유가 붙는 듯하지만,
사실은 '그냥'이라는 이유로도 함축할 수도 있는 것.

(무언가를 사랑한다는 것에 어떠한 이유를 덧붙일 때.
그제야 그 마음이 진심처럼 느껴졌다.
'그냥'이라는 단어를 덧붙이면 나의 사랑이 쉬워 보이는 것 같아서.)

그러나 이제 와 생각해 보니
'그냥' 사랑하는 것이 가장 어려운 일인 듯하다.

그 사랑에는

말로는 표현할 수 없이 수많은 나의 진심이

응축되고 뒤엉켜 가득 채워져 있으니까.

윈터(Winter)의 집

\- 로차우

나는 지금, 친구의 본가에 있다.

차가운 바닥에 깔린
새하얀 매트리스에서 일어난다.

밝은 황갈색의 나무 계단이
회색 양말을 입은 발아래서
삐거덕거린다.

집안의 따듯한 공기가
지하의 차가운 공기를 사뿐히 가른다.

세련된 거실을 지나
아늑한 정원에 발을 디딘다.

불투명한 비가림막을 통해
투명한 햇빛이 들어온다.

햇살을 가득 머금은 빵과 과일.
표면이 반짝반짝 빛난다.

원터(Winter)의 집은
여름을 한가득 담고 있다.

햇살을 가득 머금은 빵과 과일. 표면이 반짝반짝 빛난다.

05

헝가리

: 황금빛 시간은 음악의 선율을 담아

시간을 품은 어부의 요새

시간을 품은 어부의 요새
- 부다페스트

나는 지금, 어부의 요새(要塞)에 있다.

예고도 없이 찾아온 오후.
해가 지자 이곳에는 커다란 그늘이 찍힌다.

벽에 붙은 조명이 켜진다.
삐쭉 빼쭉하게 뻗은 나무가 짙어진다.
모여 있던 구름이 흩어지며 왼쪽으로 사라진다.

그것들 사이에 놓인 하얀 성(城)을 본다.
'그러고 보니 태양은 참 이중적이다.'
라는 생각이 든다.

햇빛을 고스란히 받는 표면.
환한 그곳의 반대편에는 어둠이 있다.
그것은 점점 커지고 길게 늘어지며
나의 머리 위로 드리워진다.

전쟁을 대비하여 만들어진 이곳에
현재를 살아가는 사람들이 끊임없이 찾아온다.

과거와 현재와 미래는 쭉 뻗은 직선이다.

그러나 어쩌면 '동그란 원형일 수도 있겠다.'

는 착각이 드는 순간.

쪽으로 들어서면 정교하게 꾸며진다.

별로 웅장하지 않으나 나마가 존재한다.

황금빛 세상
- 부다페스트

나는 지금, 밤을 기다리고 있다.

선을 이루는 하얀색 구름이 석죽색으로 변하길.
도마뱀 피부 같은 지붕의 표면이 그만 반짝이기를.
온 세상이 황금색으로 물들기를.

그토록 무서웠던 밤의 어둠을 '들뜨며' '기다리는' 나라니.
밤을 기다리는 나를 수식하는 모든 단어가 어색하다.

그러나 곧바로 찾아온 어둠에
어떠한 주저함도 없이 들어선다.

들썩이는 심장.
커지는 눈동자.

하늘이 짙은 남빛으로 변할 때
그제야 이곳의 진가(眞價)를 알게 된다.

황금빛 별가루가 땅 곳곳에 뿌려지고
땅 전체가 그것들로 균일하게 가득히 채워지자

오랫동안 숨겨진 황금빛 세상이 드디어 모습을 보인다.

기다려 마주한 자만 온전히 느끼며 누릴 수 있는

고급스러운 아름다움.

선율이 흐르는 공간, 음악의 집
- 부다페스트

나는 지금, 호스텔 문 앞에 서 있다.

오늘은 부다페스트에서 체코로 가는 날.
방금 체크아웃을 끝내고 이제 어디를 가야 할지 고민한다.
체코로 가는 야간 버스를 타기까지 8시간이나 남았으니
이곳에서 가장 좋았던 공원에 다시 가보기로 한다.

짐을 내려놓고 초원에 앉아 따스한 햇살을 즐긴다.
그러나 이 행복은 잠시일 뿐.
해가 지고 바람이 점점 거세진다.
'추워….'

'여기는 바람을 막아줄까?'라는 기대감을 가지고
길쭉한 철제 조형물들의 틈새로 들어간다.

그러나 그 틈새 사이사이로 여전히 바람은 들어오고
철제들 때문에 네모나게 보이는 하늘은 여전히 새파랗다.
분명 지금 내 머리 위로 달이 하얗게 떠 있는데도.

추위를 도저히 견디지 못하고 음악의 집으로 피신한다.

건물을 걸어 다니며 구경하고

건물 안에 있는 카페에서 커피를 마신다.

휴대폰을 본다.

18시.

한 안내원이 나에게 다가온다.

"공연을 보는 사람들을 제외하고는 이곳에서 나가야 합니다."

빠르게 나의 현 상황을 계산해 본다.

– 버스를 타려면 아직 3시간이나 남음.

– 밖에서 추위를 견딜 용기 따위 전혀 없음.

=> 결론: 돈을 내서라도 이곳에 더 있고 싶음.

용기를 내서 매표소 직원 분께 다가간다.

"나도 공연을 보고 싶은데 혹시 자리가 남았을까?"

아무 대답 없이 냉한 표정으로 키보드를 타다닥 두드린다.

"사실 매진이었는데 방금 취소 표가 하나 생겼어.

이거 너 가져."

'응⋯?'

그녀는 나의 손에 종이 입장권을 쥐어주고

그녀의 눈가에 세 줄의 주름을 만들어낸다.

(아, 이것은 가장 선명하고 따뜻한 주름.)

공연장 안에 들어가니 정말 나를 위한 자리인 듯
맨 뒷자리를 지키는 의자 하나만 주인이 없다.
곧바로 그 자리를 차지한다.

나의 모든 시각과 청각과 촉각은
내가 이곳에 있음을 증명해 주지만,
여전히 나 [자신]은 어안이 벙벙하다.

가장 좋았던 공원 내에서도 가장 인상 깊었던 장소에서
공연을 볼 수 있다니.
음악의 집에서 정말 [음악]을 들을 수 있다니.

정신을 차리고 보니
양복과 드레스를 입은 채 공연을 보는 어르신들 사이에
체육복을 입고 있는 촌스러운 내가
앉아서 연주를 듣고 있다.

아나운서가 헝가리어로 곡에 대한 설명을 한다.
빠르게 지나가는 헝가리어 속에서 한 단어를 집어낸다.
"브람스(Brahms)[6]"

반복되는 연주들 속에 빨려 들어갈 무렵.

6) 독일의 작곡가, 피아니스트, 첼리스트, 바이올리니스트, 지휘자

전등에 불이 켜지고 쉬는 시간이 주어진다.

휴대폰을 본다.

21시.

(시간이 이렇게나 빨랐던가.)

아쉬움을 뒤로 한 채 공연장에서 나온다.

버스를 타러 정류장으로 가는 길에 문득 이런 생각이 든다.

'부다페스트에서의 마지막이 춥고 지겹게 기억되지 않아서

따뜻하고 행복하게 마무리를 할 수 있어서

정말 다행이고 참 감사하다.'

피곤한

스페인에선 그 나라의 분위기와 색채가 환상처럼 펼쳐진다.

06

체코

: 나의 마음이 붉게 물들어

빨간 지붕 위로
- 프라하

나는 지금, 전망대에서 프라하의 풍경을 바라보고 있다.

헐떡이는 숨을 가라앉히고
느릿하게 호흡을 가다듬어.

정교한 이 경관 속에서
겉도는 나는 잠시 내려두고
최대한 그것과 어울리기 위해 노력해.

빨간 지붕 위로 빨간 벽돌이 얹히고
빨간 지붕 위로 빨간 햇살이 내리고
빨간 지붕 위로 빨간 기분이 떠다녀.

빌딩 숲에 살아온 내가 다시 한번 깨닫는 순간이야.
'끝 모를 지평선을 바다에서만 볼 수 있는 것이 아니었구나.
그 모든 건물은 무식하게 높기만 한 거였구나.
오히려 나의 시야를 가리고 나를 제한하려 한 거였구나.
그리고 나는 그 무식함을 멋있다고 올려다본 거였구나.'

빨간 벽돌은 지평선과 수평을 이루고

빨간 햇살은 지평선과 수직을 이루며

빨간 기분은 지평선 끝으로 날아가려 해.

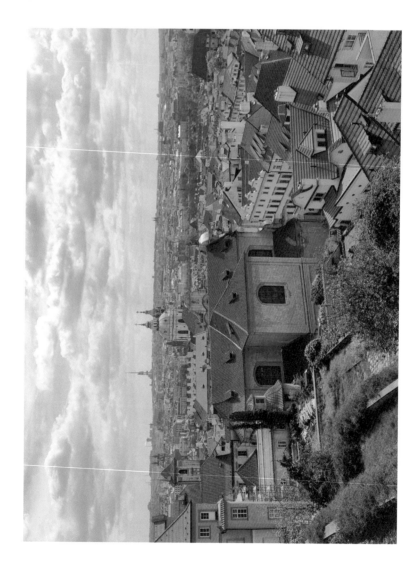

초록빛 틈새 속으로

- 프라하

나는 지금, 초록빛 틈새 속으로 들어가고 있다.

아무 계획 없이 어슬렁어슬렁 걸어 다니다가
어떤 다리를 건너는데 나무들 사이로 이런 모습이 보여서.

다리에 설치된 엘리베이터를 타고 지이잉 내려간다.
여러 종류의 공연이 이뤄지고 있는 이곳.
현대 무용을 하는 소녀들 속에서
초록색 옷을 입은 소녀의 표정에는 생동감이 넘치고
칼을 든 남자 두 명은 텀블링하며 무예(武藝)를 한다.

'계획 없는 여행을 하면 이렇게 재밌는 일들이 생기니까
계획을 할 수가 없네~ 하하.'

뒤이은 발레 공연이 생각보다 길어져서 중간에 빠져나오다
신기한 장면들을 본다.

공원 한쪽에 어느새 설치되어 있는 매트와 봉을 이용해
공연을 보며 함께 따라 하는 사람들.
불과 몇 분 전에는 분명 아무것도 없었던 다리 밑에서

갑자기 벌어지고 있는 댄스파티.

그 누가 올라와서 춤을 춰도 전혀 이상하지 않으며
아이들이 올라와서 구경을 해도 전혀 말리지 않는,
낯설지만 즐겁고 예쁜 분위기이다.

거무튀튀한 것들

- 프라하

나는 지금, 점심을 먹으러 가고 있다.

1.

[코젤로브나].

이 가게는 그 유명한 코젤 맥주 직영점으로

'코젤 흑맥주를 꼭 여기서 마셔보고 싶다.'

라는 마음 하나만 가지고 찾아간다.

소고기 타르타르와 거대한 흑맥주를 하나 시킨다.

– 소고기 타르타르: 생마늘을 벅벅 문지른 빵 위에 올려 먹는다.

– 흑맥주: 쫀쫀하고 부드러운 거품 아래, 쌉쌀한 듯 보이지만 실은 걸쭉 달콤한

　검은 액체가 목구멍을 적시며 흘러내린다. 입안에 여전히 남아 있는 강하고

　깊은 향기.

타르타르를 안주 삼아 맥주를 마시고는 맛있어서

영상을 촬영하고 있는 휴대폰에 엄지를 척 내미는 순간.

나의 거무튀튀한 얼굴이 적나라하게 비친다.

'동유럽을 여행하며 물보다 맥주를 더 많이 마시긴 했지만.

그래서 항상 맛있고 재밌긴 했지만.

건강은 썩어가고 있다는 게 이렇게 느닷없이 나타난다고?'

깜짝 놀라며 촬영하고 있는 영상을 끄고
이제껏 동유럽을 여행하며 찍은 사진을 본다.
여행이 진행될수록 점점 더 거메지는 얼굴.
'아, 간의 상태가 안 좋은 얼굴이 이런 얼굴인 건가.'

'그런데 뭐 어떡해.
이미 지난 일은 이미 지나가 버린 거지. 하하.'

(그래도 두렵고 무서우니까)
'앞으로는 적당히 마시자.'라고 생각하며 굳게 다짐한다.

2.
배를 퉁퉁 두드리며 가게에서 나온다.
하늘은 여전히 흐리다.

당뇨라도 덜 심각해지기 위해
강 건너편까지 산책한다.

회색빛 하늘을 담은 회색빛 강이 흐르고
바람과 오리는 강물의 균일한 표면을 흩트린다.

풍성하기보다는 앙상하다는 표현이 아직 어울리는 나뭇가지.

거무튀튀하게 다 타버린 탑과 다리.

그리고 그것들을 바라보는 거무튀튀한 나.

거무튀튀하게 다 타버린 탑과 다리.
그리고 그것들을 바라보는 거무뒤튀한 나.

네덜란드

: 수많은 생명의 바람이 불어와

잿빛 바람의 나라
- 암스테르담

나는 지금, 암스테르담 기차역에 있다.

적갈색 벽돌로 이뤄진 기차역.

[암스테르담 센트랄(Amsterdam Centraal)].

금빛 시계탑이 양쪽으로 굳건히 선다.

하트 모양의 앙상한 나무 하나.

그곳을 향해 있는 길쭉한 나무 갑판.

그 사이로 잔잔한 물이 흐른다.

거대한 거리를 가로지르는 트렘.

거대한 운하를 가로지르는 보트.

그리고 그 거대함들 중심에 서 있는 나.

썩은 풀 냄새가 곳곳에서 날아온다.

난생처음 맡아본 냄새.

원인 모를 압박감 속에서

정신을 차린다.

'그래. 이게 네덜란드지.'

하트 모양의 앙상한 나무 하나.

그곳을 향해 있는 길쭉한 나무 갑판.

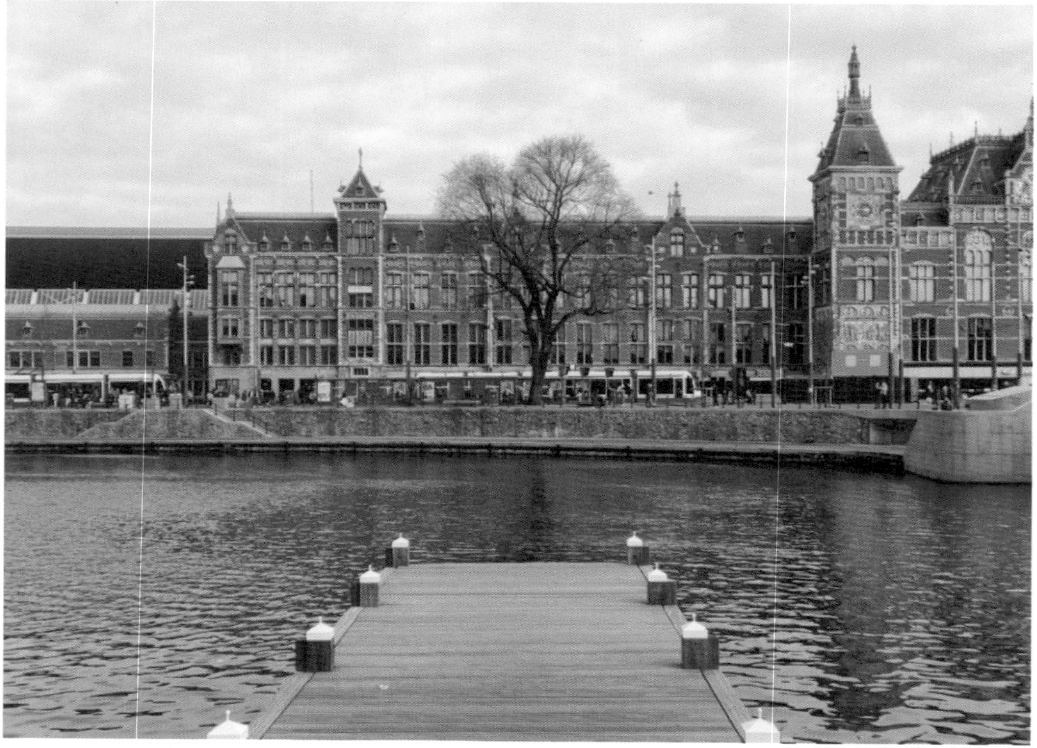

기다림 속 마주하는 인연
- 암스테르담

나는 지금, 좁고 긴 거리에 있다.

구름 뒤에서 얇게 빛을 내는 태양.
그것을 마주 보며 계속 걸어간다.

태양을 가리는 빨간 간판엔 계란이 그려져 있다.
[O].
그 아래로 둥글게 쓰인 흰 글씨.
[melegg].

"유레카!"를 외치곤 다가간다.
빨간 나무 벽 위에 쓰여 있는 하얀 24.
그 양옆에 있는 큰 유리창.
유튜버를 통해 알게 된 오믈렛 맛집이다.

택배를 담은 자전거가 다가온다.
한 쌍의 커플이 막고 서 있던 문 앞에서 초인종을 누른다.
몇 분이 지나도 지속되는 고요함.

그가 손목에 찬 시계를 본다.

그들에게 택배를 맡기곤 유유히 사라진다.

(그들은 그저 오믈렛 먹으려고 기다리고 있었을 뿐인데요···)

드디어 나온 택배의 주인공.

그들 중 한 명이 마치 상장을 주듯

그에게 택배를 건네준다.

구름을 먹은 날
- 암스테르담

나는 지금, 넓고 사람이 빼곡한 거리에 있다.

작은 건물을 향해 있는 긴 줄.

구름을 들고 건물에서 나오는 사람들.

새하얀 반구 모양의 구름이다.

길쭉한 유리창 왼쪽 위에 붙어 있는 사진.

사람들이 들고 있던 거다.

그 유리창 넘어 구름을 담는 사람들.

크기는 가지각색이다.

드디어 건물 안으로 들어간다.

건물을 부유하는 달큰한 우유 냄새.

주름이 예쁜 할아버지가 구름을 담고 있다.

(손자들을 정성스레 꾸며서 사회로 내보내는 것 같이.)

구름과의 첫 입맞춤.

가볍고 부드럽다.

부드러운 크림과 달달한 바닐라 아이스크림.

'아, 1유로 50센트의 행복. 참 값지다.'

이방인의 공항

- 아인트호벤

나는 지금, 아인트호벤 공항 계단 위에 앉아 있다.

정면을 바라본다.

바 형태의 카페에 사람들이 가득하다.

오른쪽에는 음료를 만드는 사람 둘.

그 앞에는 음료들을 받아 군중 속으로 들어가려는 사람 하나.

그 왼쪽에는 음료를 마시며 각종 소리를 만들어내는 사람들.

천장에서 아래로 내려오는 원기둥 형태의 짧은 기둥이

영어 필기체로 적힌 분홍빛 네온사인을 붙든다.

네온사인에 불이 켜지고 사람들 위에서 엷게 반짝인다.

각 게이트 전광판 아래로 동그란 머리들이 우글우글하다.

한 동그라미가 게이트 주변의 한 의자 위에 앉는다.

두 동그라미가 1번 게이트를 향해 뛰어간다.

귀 안으로 웅성거리는 소리가 잔뜩 들어온다.

알 수 없는 언어들이 뭉뚝하게 고막을 채운다.

영어, 스페인어, 프랑스어, 독일어

그리고 알 수 없는 언어들 가운데

나의 언어만 없다.

어색하다.

'아, 익숙해질 대로 익숙해졌다고 생각했는데….'

그렇게, 나는 아직도 이방인임을 인지한다.

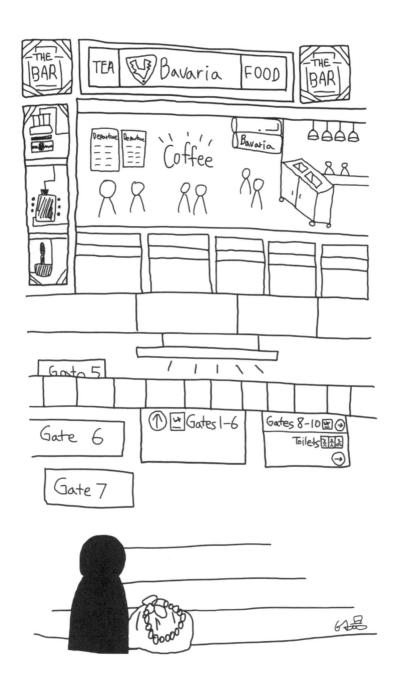

내가 사랑하는 것들
- 히트호른

나는 지금, 강물을 따라 걷고 있다.

고요한 마을.
강물은 정처 없이 흘러가고
나는 나지막이 흥얼거리며 이리저리 어슬렁거린다.

배회하며 마주하는 이곳은
때론 정적(靜的)이고 때론 동적(動的)이다.

물 위로 눈만 빼꼼 내민 악어처럼 다가오는 빨간 배 한 척.
미피[7]의 몸통을 한 인간 아이 세 명이 그려진 학교 표지판.

양심에 맡긴 채 직접 만든 팔찌를 1유로에 판매하는,
주인 없는 테이블.
모두의 길거리를 깨끗하게 보존하기 위해 기꺼이 설치된,
빨간 배변 봉투들이 담긴 보관함.

히쭉거리며 매시간 변화하는 장면들을 모두 눈에 담는다.
트집 하나 잡을 것 없이, 어느 하나 빠짐없이, 사랑스러운

---

7) 네덜란드 작가이자 일러스트레이터인 딕 브루너가 쓴 아동 그림책의 주인공.

호의(好意)와 풍경. 내가 사랑하는 것들이 오밀조밀 모여 있

른(는) 하나의 마을이 되어버린 이곳,

히트호른.

모두의 길거리를 깨끗하게 보존하기 위해 거리에 설치된.

빨간 깃발 꽂혀 모듈들이 담긴 보관함.

정적(靜寂)인 햇살 아래 민트색 고독(孤獨)

- 마스트리히트

나는 지금, 거리 위를 걷고 있다.

한가로운 오후.
투박한 네모 타일들이 일정히 박혀 있는 거리 위로
따스한 햇살이 비친다.

바닥에 누워 있는 점박이 개 한 마리가
햇살에 앞발 두 개와 고개를 내민 채 눈을 껌뻑인다.
꺼멓게 젖은 큰 눈망울이 사라지고 다시 생겨나길 반복한다.
그리곤 가끔 꼬리를 양옆으로 툭툭 움직인다.

개 팔자가 상팔자라더니.
아무 걱정 없이 팔자 좋게 누워 있는 그를 보며
'부럽다.'라는 생각을 하는 것도 잠시.
그의 목에 묶여 있는 민트색 목줄이 보인다.

다시 그의 꺼먼 눈망울을 본다.
나의 눈동자가 그 깜깜한 어둠 속에 빨려든다.
나는 그에게 동화되며 일반적인 눈으로는 볼 수 없는,
보이지 않는 그의 감정을 느껴본다.

쓸쓸하고 외롭다.

아무 걱정이 없다는 건 아무 목표가 없다는 것.

그리고 그것은 자유가 없다는 것.

'부럽다.'라는 생각을 하는 것도 잠시.
그의 목에 묶여 있는 민트색 목줄이 보인다.

아무 걱정이 없다는 건 아무 목표가 없다는 것.
그리고 그것은 자유가 없다는 것.

즐거움이 나를 찾아와

- 마스트리히트

나는 지금, 기차역에서 나와 중앙 광장을 향해 가고 있다.

저 멀리서 공중을 도는 무언가가 보인다.

눈살을 찌푸려 자세히 바라보니

양옆에는 초록색 줄이 달려 있고

사람 한 명이 그것에 매달려 하늘 위까지 빠르게 올라간다.

(아니, 올라간다는 표현보다는 던져진다는 표현이 더 맞겠다.)

우리는 놀라며 그곳을 향해 달려간다.

가슴이 빠르게 뛰며 흥분되기 시작한다.

이곳의 정체는 말 그대로 [이동하는] 놀이공원.

도착한 그곳에는 거대한 놀이기구들로 가득하다.

다양한 종류의 이동식 놀이기구들이 이곳저곳을 다니며

남녀노소 상관없이 이곳에 있는 모두에게 즐거움을 선사한다.

빙글빙글 돌며 트랙을 따라 달리는 놀이기구.

하늘에 닿을 만큼 높이 튀어 오르는 놀이기구.

점점 빠르게 회전하며 원심력이 제대로 느껴지는 놀이기구.

그것들은 화려하게 포장된 채 갑자기 어디선가 나타나

우리에게 기대감과 즐거움 또는 실망감을 주는 것.

그 자체로 거대한 선물 같은 것.

이곳의 정체는 말 그대로 [이동하는] 놀이공원.
도착한 그곳에는 거대한 놀이기구들로 가득하다.

그것들은 화려하게 포장된 채 갑자기 어디선가 나타나
우리에게 기대감과 즐거움 또는 실망감을 주는 것.

그 자체로 거대한 선물 같은 것.

거대한 레고 마을
- 잔담

나는 지금, 구름다리 위에 있다.

뾰족한 벽돌 지붕과 그 위에 네모난 타일로 적힌 알파벳.
통일된 하얀 창틀과 비슷한 색채의 건물 그리고 녹색 시계탑.

장난감 같은 광경을 보며
이곳에 오기까지의 과정을 되짚어 본다.

혜은 언니를 만나 함께 잔세스칸스를 가기 위해 온 이곳.
어떠한 마을인지도 모르고 어떠한 정보도 없다.
우리는 그냥 아무 생각 없이 기차역에서 나올 뿐.

기차역의 안전문이 열리고 그 경계선을 넘어
바깥의 땅을 밟자마자 우리는 레고(LEGO)가 된다.
노란 원기둥 모양의 머리와 네모난 몸통에
집게 모양의 손과 네모난 다리가 달린 레고.

어떤 이는 안경이 그려진 얼굴을 하고
어떤 이는 배낭이 그려진 몸통을 달며
각기 다른 모습으로 조립된 레고들이 우리를 지나친다.

이곳, 잔담은

잔세스칸스를 가기 위한 환승역이자 만남의 장이며

거대한 레고 마을이다.

통일된 하얀 창틀과 비슷한 색채의 건물 그리고 녹색 시계탑.

별세계(別世界)

- 잔세스칸스

나는 지금, 풍차가 모여 있는 장소를 향해 가고 있다.

강력한 바람을 버티고 뚫으며 도착한 그곳에는
내가 꿈꿔온 네덜란드의 풍경이 펼쳐진다.

1.

강물 사이를 가로지르는 구름다리 위로 사람들이 지나다니고
노란 들판에는 말들이 어슬렁어슬렁 걸어 다닌다.

2.

청록색 벽을 한 건물은 버섯 모양의 지붕을 가진다.
그 지붕의 꼭대기에 달린 풍차가 느릿느릿 돌아가고
그 건물 옆에 있는 신호등에서 초록불이 켜진다.

3.

지붕을 뚫고 나온 굴뚝 하나.
햇볕을 쬐는 빨간색, 흰색, 노란색의 나막신 세 쌍.
하얀 탁자 위에 있는 흰색, 빨간색, 노란색의 꽃 화분 세 개.
나무 갑판 위로 그늘진 이파리들.

4.

부엌 콘셉트로 꾸며진 작은 방 하나.

어떤 용도인지 모르겠는 소품들이 선반 위에 놓여 있고

그것을 설명해 주는 단어들이 네덜란드어로 적혀 있다.

빨간 동화 마을
- 잔세스칸스

나는 지금, 소품 가게에 있다.

잔세스칸스의 첫인상은 초콜릿과 빨강.

이곳을 돌아다니며 가장 많이 한 말은 "헐. 귀여워."

거리에선 진한 초콜릿 냄새가 퍼지고

마을 전체엔 빨강이 스며든다.

빨갛게 내리쬐는 태양 빛과

빨갛게 물든 벽돌 지붕들.

빨갛게 돌아가는 풍차들과

빨갛게 고개를 내민 튤립들.

어떠한 무대 세트장보다도 더 동화적인 풍경.

어른과 어린이가 함께 동심(童心)을 잃지 않길 바라는 마음이

마을 고유의 분위기가 되어 온전히 느껴진다.

이곳에는 그러한 것들이 진열된다.

가게를 돌아다니다 엽서 하나를 발견한다.

빨간 두건을 쓴 소녀 두 명이

물거품을 바라보는 그림이 그려진 엽서.

"헐. 귀여워."

빨간 두건을 쓴 소녀 두 명이
물거품을 바라보는 그림이 그려진 엽서.

흰 우유에 달콤한 하트가 녹아내려
- 잔세스칸스

나는 지금, 어느 한 초콜릿 가게 안에 있다.

깔끔한 거리 위에 퍼져 있는 초콜릿 냄새.
잔세스칸스에 도착해 거리를 걸을 때마다 맡은 그 냄새가
이곳을 가득 채운다.

1.

윤슬이 반짝이는 강물과 큼지막한 풍차가 보이는 창문으로
노란 태양 빛이 들어오자
나무 책상 위로 창살 그림자가 생긴다.

스테인리스 주전자의 겉면을 비추는 햇살.
햇살을 매끈하게 반사하는 스테인리스.
전기가 들어온 알전구들은 알알이 빛나며
벽에 붙은 엽서들을 노랗게 밝힌다.

2.

하트 모양 틀에서 꺼낸 하트 모양 초콜릿이
따듯한 우유에 퐁당 빠진다.

나무 막대기를 사용해 하얗게 적힌 문장을 따라 한다.

"Mix WELL."

"많이 섞어요. ♥"

하얀 연기 아래

서서히 물컹해지는 초콜릿.

나무 막대기를 사용해 하얗게 적힌 문장을 따라 한다.

놀이로 가득한 환상의 동산
- 에프텔링

1.

입구에서 받은 3D 안경을 끼고

울룩불룩하게 올라온, 마치 바위를 묘사한 듯한

땅바닥에 앉는다.

큼지막한 스크린에서 영상이 상영되며 깜깜했던 주변이 밝아진다.

여우가 폭우를 피해 동굴로 들어오고 뒤이어 곰이 들어온다.

'아, 우리가 앉아 있는 이곳이 저 동굴인 건가?'

여우와 곰의 모험을 함께 즐긴 후

우리는 다시 밖으로 나온다.

허무할 것 같았던 현실이 생각보다 아름답다.

영상에 나온 캐릭터들이 여전히 우리 주변에서 움직이고

우리는 두 발로 걸어 다니며 그들을 직접 만진다.

2.

왼쪽 위를 본다.

빙글빙글 돌아가며 하늘을 나는 서커스장(?) 보인다.

나를 포함해 약 스무 명의 사람이 그것을 탄다.

멀찌감치 틸버그가 보인다.

하늘 위에서 바라본 나의 마을은 나무들로 빼곡하다.

이 광경은 마치 내가 빽빽한 숲속에 살고 있었던 것 같은

착각을 불러일으킨다.

잘 포장된 도로 위에서 자전거를 타고

적당한 높이의 건물들 사이를 지나다니던 나의 기억을

거짓된 것처럼 만들며.

3.

이번엔 달팽이가 되어 보기로 다짐한다.

끈적한 진액을 남기며 느릿느릿하게 기어다니는 달팽이.

물론 나의 달팽이는 진액이 없다.

느리게 굴러가는 플라스틱 몸통일 뿐.

달팽이가 되어 바라보는

하늘은, 땅은, 나무는, 건물은, 사람은

색다른 모습으로 나에게 비친다.

개별의 것이라 여겨진 것들이 서로 연결되어 있음을 깨닫고

일괄된 것이라 여겨진 것들이 각자 분리되어 있음을 깨달으며

극소의 것은 극대의 것이 되고

극대의 것은 극소의 것이 된다.

멀찌감치 일렬로 나란히 나열된 나의 이웃들이 보인다.

나의 앞에서 달리던 그들이 하나둘 집으로 돌아간다.

나도 집으로 돌아가기 위해 그들 뒤에 줄을 서서 기다린다.

뒤에서 본 그들의 껍데기는 단단하고 크다.

'나를 뒤에서 보는 타자(他者)들도

내가 그토록 단단하고 큰 껍데기에 쌓여 있는 것처럼 볼까?'

점점 더 짙게 너울거리며
- 에프텔링

나는 지금, 집으로 돌아가기 위해 버스정류장에 가고 있다.

이해할 수 없는 방향으로 둥둥 떠다니는 방울의
매끄러운 표면은 무지갯빛.
별과 은하수로 이루어진 우주의 망처럼
그 말랑한 빛의 질감은 맑고 투명하다.

방울이 나의 눈앞에 근접한다.
50센티. 30센티.

꾸준히 바라보던 건너편의 경치가
천천히 일렁이며 뒤엉키는 여러 가지 빛깔에 갇힌다.
공중을 향유하던 그것은 나의 속눈썹에 톡 닿자마자
펑 하고 터져버린다.

금세 사라져 버린, 동그란 형태.
다시 선명해져 버린, 건너편 모습.

하늘이 짙어지자 뻣뻣하게 늘어진 침엽들이
뾰족한 끝을 내세우며 부드럽고 느릿하게 굽이져 움직인다.

나는 가던 길을 멈추고 가만히 서서 그 움직임을 본다.

폴폴거리며 올라가는 민들레 홀씨.

그 아래에서 잔잔한 빛을 뿜어내는 빛의 궁전.

하늘이 짙어지자 뻣뻣하게 늘어진 침엽들이
뾰족한 끝을 내세우며 부드럽고 느릿하게 굽이져 움직인다.
나는 가던 길을 멈추고 가만히 서서 그 움직임을 본다.

폴폴거리며 올라가는 민들레 홀씨.
그 아래에서 잔잔한 빛을 뿜어내는 빛의 궁전.

햇살 그리고 담배
- 우트렉

나는 지금, 우트렉의 한 카페에 도착했다.

고풍스러운 분위기.
(영화 촬영지가 될 만하다.)

'빅 티(Big tea)'를 주문하고
야외 테이블에 앉는다.

1.

김이 모락모락 나는 큰 도자기 컵 세 개.
연기가 모락모락 나는 담배 여러 개.

2.

화장실에 가기 위해
좁은 나무 계단을 내려간다.
아치형 모양의 하얗고 두꺼운 벽돌들.
(포도주가 가득 보관되는 동굴 같다.)

다시 계단을 오르고
밖으로 나간다.

따스한 햇살 그리고

여전한 담배 연기.

유럽 테라스의 기본 옵션은 다른 무엇도 아닌,

담배 냄새와 그 연기임을 다시 한번 더 깨닫는다.

김이 모락모락 나는 큰 도자기 컵 세 개.

한적한 마을이 안겨서 바꾼 안 싶었다.

변하는 것들 속에서

- 우트렉

나는 지금, 인도(人道) 위에 오도카니 서 있다.

굵다란 나무들 사이로

굵직하게 튀어나온 나뭇가지를 본다.

조금씩 벗겨진 전선(電線)으로 둘둘 감싸져 있는 가지들.

'어후. 내가 다 찌릿하네.'

그 아래에 있는 노인 세 명.

꽃무늬 원피스를 입은 할머니와 양복을 입은 할아버지 둘이

줄을 서서 각자의 자전거를 챙긴다.

그들의 구불거리는 주름을 보며

시간의 생김새를 가늠해 본다.

과거-현재-미래로 구성된 세 겹이 고불고불하다.

이것은 모두에게 동일하며 누구에게도 예외는 없다.

굳어 있는 것들이 유연히 흐르는 순간.

그것이 시간이며 세월이다.

와르르 무너져 내리는 햇살들 아래서
와글와글 모이는 빛과 바람의 움직임에 따라
나의 양팔도 들썩이며 위아래로 너울거리기 시작한다.

그것은 물고기의 지느러미같이 신비로이 반짝이며
투명하고 매끈한, 기분 좋은 촉감을 느낀다.

빼곡한 공기들 사이로 달큰한 냄새가 밀려오자
침샘에 침이 고여 목구멍 뒤로 한 모금을 넘긴다.

똑딱똑딱 움직이는 시계의 초침 소리.
절대로 벗겨지지 않는 세월의 흐름.
몸과 마음이 변해도 여전히 나는 나일 뿐임을 깨닫자
피식피식 웃음이 나온다.

작은 몸뚱어리를 끌고 나와
무수한 점을 잇는 선 위에 서서
별거 아닌 지금을 살아가는
보잘것없는 나를 위해

하늘과 바람과 빛과 공기가
건물과 나무와 꽃과 사람이
한순간도 빠짐없이 아른거린다.

늘 그랬듯이,

눈이 부시게.

그들의 구불거리는 주름을 보며 시간의 생김새를 가늠해 본다.

빛이 이동하는 시간
- 헤이그

나는 지금, 바다를 향해 걸어가고 있다.

청량한 날씨.
퐁신한 구름 3점은 하늘을 유영하고
따가운 햇빛은 시간에 맞춰 이동한다.

점점 더 위로 올라가는 태양의 움직임에
온 물질의 입자(粒子)들이 함께 움직인다.

대지를 뒤덮는 빛과 그림자.

붉게 타오르는 아스팔트 도로 위로
내 뒤에 선 나무의 그림자가 점점 더 넓게 자리를 채우고
바람에 따라 살랑거리는 나뭇잎 사이사이로 빛이 빠져나오자
자글거리는 은빛 물살이 도로 위에서 출렁인다.

무수한 빛의 분자들이 이리저리 부닥치자
붉은 벽돌집의 벽들은 더욱 붉게 타오르고
푸른 이파리는 기공을 움직이며 하얀 숨을 쉬는 동시에
엽록체를 통해 광합성을 하며 더욱 푸른빛을 발산한다.

빛이 가장 강력하게 이동하는 지금 시간은

오후 2시.

대지를 뒤덮는 빛과 그림자.

거대한 파도와 바람이 이곳을, 나를, 덮쳐
- 헤이그

나는 지금, 큼직한 건물이 가득 세워진 거리를 걷고 있다.

무수한 초록색.

그 아래 검게 물든 그림자.

나는 그림자에 숨어 햇빛을 피한다.

어느새 사라진 초록색.

그 대신 서 있는 삼각형 벽돌 지붕.

나란하다.

'띵. 띵.' 소리를 내며 길을 건너는 빨간 트렘.

나는 길을 건너길 기다린다.

저 멀리 보이는 크고 하얀 관람차.

그 아래서 강하게 솟구치는 파도.

그 위로 하얀 거품이 생긴다.

바닥에는 은빛 모래가 알알이 빛나고

강력한 바람을 그대로 맞으며 물 위에 선 소년이 보인다.

흩날리는 황토색 모래 알갱이들은 계속해서 나를 때린다.

'아야. 겁나 따갑네.'

"그래도

오길 잘했다."

여름의 질감
- 헤이그

나는 지금, 모래사장 위에 서 있다.

철퍽철퍽.
여름의 기억이 파도에 밀려오고 나에게 넘어온다.
자글자글하게 모인 모래가 쓸려가고 다시 쓸려온다.

찰기가 생긴 모래알들은 서로 부드럽게 뭉치고
서로 부드럽게 흩어지지만,
결국엔 하나의 진한 황톳빛 표면을 구성한다.

눈을 깜—빡 한다.
소리는 아득히 멀어지고
거대한 파도는 나를 덮쳐 기억의 순간으로 데려간다.

자글자글 빛바랜 여름의 기억.
울렁울렁 움직이는 여름의 질감.

팽배한 파도의 윤곽이 솟아오른 순간.
아련히 사라지는 기억을 더듬어 찾아내고 계속해서 덧그린다.
이미 아득히 멀어졌지만, 어렴풋한 형태가 가슴에 맴돌아서.

다시 눈을 깜—빡 한다.

물기 없이 여전히 제자리에 선 나.

철퍽철퍽.

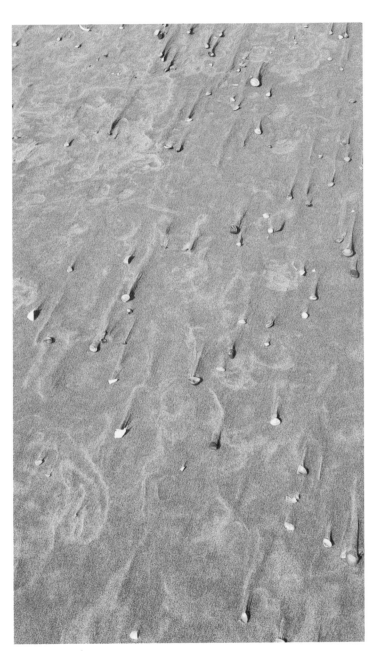

자글자글 빛바랜 여름의 기억.

거대한 자연 속 사소(些少)한 생명들

- 헤이그, 틸버그

1.

새빨간 모자를 쓰고 똑바로 서서

자신에게 접근하는 파도를 가만히 바라보는 소년.

솟아나는 물너울이 하얀 거품으로 변하자

곧은 자세가 흐트러지며 고개를 아래로 떨군 그 소년.

2.

새파란 옷을 입고 똑바로 서서

새파란 물통 안에 있는 물을 쏟아내는 소년.

새파란 물통이 물 위에 버려진 것은 무시한 채

멍하니 앞을 주시하는 소녀와 아기.

3.

길 건넌 기러기들이 아직 건너지 못한 동료들을 기다린다.

각진 부리와 얇은 목을 뽐내며 날카로운 느낌을 풍기는

기러기 모임.

울타리 안에서 어슬렁거리는 말 하나가

울타리 밖에서 사진을 찍는 나를 쳐다본다.

하얀 머리털을 찰랑이며 가련한 눈동자를 지닌 말 한 마리.

거대한 자연 속 사소(些少)한 생명들

08

프랑스

: 우리의 순간은 무지개처럼 찬란해

무지개의 빛깔만큼 축하해
- 파리

나는 지금, 2층 침대 위에 누워 있다.

햇빛이 창문을 통해 들어온다.
바닥에 버려진 이불 위로 찬란히 내려앉은
일곱 빛깔의 무지개.

그것을 태평하게 바라보다가 서서히 몸을 뒤척인다.
'슬슬 민솔 언니 생일 파티를 준비해야지.'

숙소에 있는 테이프를 이용해 하얀 벽에 가랜드를 붙인다.
민솔 언니를 마중 나간 수민이에게서 전화가 온다.
"우리 이제 다 와 가. (케이크 준비해 놔.)"

드디어 초에 불을 붙일 시간이다.
가스레인지의 불을 붙이기 위해 부엌으로 간다.
'엇?! 가스레인지가 아니었어?'

우리를 맞이하는 인덕션 하나.
민솔 언니는 가까워지는데
촛불을 켤 유일한 방법은 그렇게 사라진다.

체크인 당시, 주인이 한 말이 생각나면서
한 가지 생각이 뇌리를 스친다.
'이곳에는 우리만 있는 것이 아니야.'

당장 아래층으로 내려가 주인을 부르곤 다짜고짜 말한다.
"라이터 하나만 빌려주세요."

주인이 라이터가 가득 담겨 있는 상자를 꺼낸다.
그녀는 이유를 묻거나
무작정 라이터를 요구하는 나를 이상하게 보지도 않고
가장 예쁜 라이터를 기꺼이 건네주며 말한다.
"이게 가장 예쁜 것 같네. 자, 이거 가져도 돼."

딸칵.
촛불이 켜진다.

커튼을 친다.

현관문이 열린다.

텔레비전에서 생일을 축하하는 노래가 흘러나온다.

후~

촛불이 꺼진다.

커튼을 걷는다.

무지개가 들어온다.

흐물흐물하게 꺾인 심지 위로 연기가 난다.

'아, 생일 냄새.

맛있겠다.'

생명을 지닌 그림이란

- 지베르니

꽃이 만든 화려한 액자(額子) 속에
움직이는 이미지.

꽃과 잎과 물이 바람에 살랑이고
벌레와 사람과 하늘이 끊임없이 활동(活動)한다.

바람이 만드는 물결의 흐름.
물결이 만드는 수풀의 몸짓.
수풀이 만드는 바람의 소리.
사람이 있든 없든 이곳에는 생동감이 넘친다.

흐린 하늘은 이곳을 더욱 선명하게 표출하고
이곳의 생물들은 그것을 부드럽게 품는다.
(원래 자신의 일부였던 것을 다시 거두어들이는 것처럼.)

1.
납작한 연잎들이 서로 모여 커다란 원을 이룬다.
그들 위로 물방울 하나가 데구루루 구르다가
호수 아래로 퐁당 빠진다.

2.

납작한 나룻배의 뒤꽁무니가 가로로 끼익끼익 움직인다.

앞부분은 대나무 숲에 처박힌 채,

커다란 바람을 따라.

소름 끼칠 정도로 뚜렷했던 순간

- 파리 디즈니랜드

나는 지금, [라따뚜이][8] 어트랙션을 향해 걸어가고 있다.

곳곳에서 보이는 [라따뚜이] 영화 속 소품들.
특히 구스토의 식당 간판을 보자마자
심장 박동이 활발해지며 가슴이 두근거린다.

'아,
이곳을 오기 위해 보에와 얼마나 준비했는가.'

[라따뚜이]를 사랑하는 사람들 사이에 줄을 서니
나와 같은 두근거림과 애정이 무수히 느껴진다.

밖으로 뻗어 있는 줄이 안까지 이어진다.
나도 [레미][9]가 되기 위해
앞선 발자국을 따라 안으로 들어간다.

'자, 이제 정말 [레미]가 될 시간이야.'
나는 사람들을 피해 주방 곳곳을 돌아다니기 시작한다.

8) 2007년 7월 25일에 개봉한 디즈니 영화
9) 요리사가 되고 싶어 하는 쥐

오렌지가 한가득 쌓여있는 창고에 들어가자

내 앞으로 상큼한 냄새가 밀려오고

불 근처에 다가가자 실제로 그 열기가 느껴진다.

소름 끼칠 정도로 뚜렷이.

곳곳에서 보이는 [라따뚜이] 영화 속 소품들.
특히 구스토의 식당 간판을 보자마자
심장 박동이 활발해지며 가슴이 두근거린다.

한여름 밤의 꿈

- 파리 디즈니랜드

나는 지금, 아무 목적 없이 서성이고 있다.

파리 디즈니랜드 30주년을 축하하는 일루미네이션 행사를
구경하기까지 시간은 아직 많이 남았지만,
줄을 서서 나를 환상의 세계로 인도해 준 나의 다리는
벌써 후들거린다.

이때. 멀찌막이 있는 공간에
질서 따위는 없이 곳곳에 서고 앉으며
무언가를 기다리는 사람들이 보인다.

(어차피 앉을 거면 그 행동이 어떤 거든
무엇이라도 성과를 얻을 수 있는 행동이면 좋겠다.)

'그러니 나도 저기에 앉을래.'
나도 그 무질서 속의 한 부분이 되기로 결심하며
그곳에 참여한다.

놀이공원의 직원이 문 앞으로 다가와 무슨 말을 한다.
꽤나 멀리 있어서 잘 들리지는 않지만,

사람들이 갑자기 문 앞에 바글바글 모이길래
나도 그들 사이에 뛰어든다.

수많은 인파에 휩쓸려 우르르 한 곳으로 들어가자
수많은 좌석이 놓인 큼지막한 공연장이 눈앞에 펼쳐진다.
뒤이어 빠르게 자리를 잡아서 앉는 사람들.
나도 무대가 가장 잘 보이는 자리를 잡으려 애쓴다.

달뜬 기분으로 공연장에서 빠져나온다.
뭔지도 모르고 아무 생각조차 없었던 목적지 끝에는
화려한 마술 공연이 있었다.

(일정에도 없었고 그냥 앉아서 좀 쉬고 싶어서
뭔지도 모르고 보게 된 거였는데
라따뚜이 놀이기구 다음으로 만족도 최상이다.)

그러나 아직도 해는 쨍하고
해가 지기까지의 시간은 아득히 멀다.
디즈니 성이 잘 보이는 곳에 미리 앉아서
시간이 가기를 심드렁히 기다린다.
시간은 가고 즐거운 기운이 이미 시들시들해진 지 오래.

그때. 노래가 나오며 디즈니 성에 불이 켜진다.

아름다운 불꽃이 하늘을 밝히고
선명한 레이저 빛이 하늘을 뚫는다.
디즈니 성은 하나의 스크린이 되어 다양한 모습으로 변한다.

명당을 잡은 나는 이리저리 자리를 바꾸는 사람들 사이에서
나의 자리를 굳건히 지키며 생각한다.
'오늘이 지나고 내가 더 이상 이곳에 있지 않게 돼도
이곳은 언제나 여전히 황홀하겠지.'

이곳은 언제나 여전히 황홀하겠지.

09

영국

: 모든 존재의 밤에는 이유가 있어

이유 없는 선택은 없었다
- 런던

나는 지금, 숙소 내 3층 침대에 누워 있다.

'관 안에 누워 있다면 이런 기분일까.'

런던 시내에 있는 숙소.
1박에 약 2만 원 정도 하는 숙소.

털털털.
먼지가 뽀얗게 쌓인 선풍기가 날개를 힘없이 돌리자
날개에 묻어 있던 먼지들이 폴폴대며 날아온다.

씁쓸한 기분도 잠시.
이곳을 선택하게 된 동기를 생각해 본다.

[돈을 아끼고 싶었고
이곳은 다른 곳들에 비해 매우 저렴했고
하루 정도는 샤워를 안 해도 된다고 판단했고
가야 할 곳들을 걸어서 갈 수 있는 위치에 있었기에
내 손으로 직접 이곳을 숙소로 정했다.]

'그래.

나의 선택에는

충분히 받아들일 수 있는 이유가 있었던 거야.'

'그래. 나의 선택에는 충분히 받아들일 수 있는 이유가 있었던 거야.'

런던의 야경은 추적추적
- 런던

나는 지금, 빅벤을 보러 가고 있다.

낮과는 전혀 다른 분위기의 밤의 풍경.
해리포터를 상상하며 도착하였지만,
생각보다 너무 현대적인 모습에 실망한 나를
이제야 위로라도 하듯 깜깜히 숨겨 놓은 모습을 보여준다.

어둠이 있어야만 볼 수 있는 빛들.
어둠만이 줄 수 있는 분위기.

이제는 설상가상으로 비까지 내리기 시작한다.
'아, 이렇게까지 공감해 줄 필요는 없는데….'

어둠 속에서 새로이 발견한 감정과
야경에 젖은 감상을 넘어
옷에 물이 베기 시작한다.

(일기예보를 확인했기에 엄청 가벼운 우산을 들고 다녔지만,
[엄청] 가벼운 우산이었기에 잃어버렸는지도 몰랐다.)

점점 거세지는 빗줄기.

얼굴 위로 굵은 빗방울이 떨어지자

젖어오려는 듯한 얼굴이 내비친다.

그런데 이제 특정한 감정은 없는.

그냥 숙소에 빨리 돌아가고 싶은.

이제야 위로라도 하듯 깜깜히 숨겨 놓은 모습을 보여준다.

10

스웨덴

: 초록빛 숲에는 그들의 이야기가 난무해

우거진 숲으로

- 말뫼

나는 지금, 장대(張大)한 나무 밑에 서 있다.

띄엄띄엄 배열된 장대(張大)한 나무들.
그 아래에 띄엄띄엄 배열된 사람들과 나.

우리의 목적은 오로지 비를 피하는 것이다.
나무는 하늘에서 떨어지는 빗방울을 막아주고
틈새로 보이는 하늘빛은 작으면 작을수록 좋다.

이런 우리의 모습을 보니 갑자기 [무민 트롤]¹⁰⁾이 생각난다.

'우거진 수풀과 나뭇잎들 사이 곳곳에서
새하얀 무민 트롤들이 얼굴을 빼꼼히 내밀 것만 같고
서로 다른 외면(外面)과 내면(內面)을 가진 우리 각자의 옆에
서로 다른 무민 트롤들이 함께 서 있을 것만 같아.'

우리는 모두
바람에 쉽게 뒤집히는,
허술하기 짝이 없는 우산은 과감히 접어두고

10) 새하얀 몸통에 뾰족한 귀와 둥근 턱을 가진 트롤

비가 쏟아질 때마다 이곳으로 도망친다.

초록빛이 우거진 숲으로.

우리의 목적은 오로지 비를 피하는 것이다.
나무는 하늘에서 떨어지는 빗방울을 막아주고
틈새로 보이는 하늘빛은 작으면 작을수록 좋다.

그들이 사랑하는 방법
- 말뫼

나는 지금, 도서관에 있다.

커다란 유리창을 기다란 창살이 가로와 세로로 받친다.
그렇게, 순식간에 만들어진 액자들.
액자 속 저마다 다른 풍경들이 매초마다 움직인다.

면도 거품처럼 쫀쫀한 구름이 풍신하게 떠오르고
무성한 나뭇잎들은 바람을 따라 움직이고
바람은 휘이잉 소리를 내며 세차게 불어친다.

나무들이 포개어져 움푹 패어 들어간
나무 골짜기 사이엔
즉, 두 번째 줄 중앙에 있는 액자엔
반구형의 빨간 지붕을 가진 성(城)이 보인다.

그것을 배경에 둔 사람 세 명이 책을 읽는다.
적당한 간격을 유지하고 시선은 책에 고정한 채.

이러한 경치는 마치 아무렇지 않다는 듯 보이지만,
그것과 멀어질 생각 또한 없어 보인다.

그들은 그저

이것이 언제나 우리와 함께 존재할 것이라는

신념(信念)을 가졌기에

그냥 옆에 고이고이 모셔두는 것일 뿐이다.

커다란 유리창을 기다란 창살이 가로와 세로로 받친다.

그렇게, 순식간에 만들어진 액자들.

액자 속 저마다 다른 풍경들이 매초마다 움직인다.

11

덴마크

: 고귀한 풍경은 노란 동화를 담아

동화책 속 노란 도시

- 코펜하겐

나는 지금, 호스텔 주변을 산책하고 있다.

붉은 벽돌 지붕.

노랗게 내려앉은 건물벽.

세로로 길게 곧은 창문들.

다양한 형태의 대문들.

반듯한 건물들은 어깨를 나란히 한 채

줄지어 늘어선 모양으로 가지런하다.

한 주택을 본다.

올리브색 대문, 청록색 창틀, 진한 노란빛 외관.

표면 곳곳에 직접 페인트를 칠한 결이 남아있어 투박하지만,

그 건물에 담긴 *세월의 깊이는 그 어느 것보다도 깊다.

(*혹은 모든 곳에 자신의 손때를 묻히려는 집주인의 의지일 수도.)

거리 곳곳에는 얇은 자전거가 주루룩 나열되고

얇고 길쭉한 사람들이 그 거리 위를 걸어 다닌다.

미끈한 돌들이 움푹움푹 박혀 있는 길은

쓰레기통이 없어도 깨끗하다.

(언젠가 읽었던 안드레센의 동화책에서 본 것 같이)

아기자기한 건물들과 세련된 사람들

그리고 아름다운 경관이다.

(언젠가 읽었던 안드레센의 동화책에서 본 것 같이)
아기자기한 건물들과 세련된 사람들
그리고 아름다운 경관이다.

짙은 파랑이 덮이는 순간
- 코펜하겐

나는 지금, 크리스티안보르 궁전 앞 광장에 있다.

짙고 푸른 구름이 보들보들하게 도포되어

하늘을 가득 메운다.

숨을 크게 들이마신다.

시리도록 푸른 공기가 입 안 가득 들어와 폐에 빨려든다.

푸른 말을 탄 프레데릭 7세 동상이 향한 곳에는

시계탑의 푸른 지붕이 하늘을 찌른다.

왼쪽에서 태양이 뜬다.

태양이 수평선 위로 떠오르고

맞은편의 윤곽이 드러난다.

연노란 빛줄기가 노랗게 건물을 감싸고

햇살이 살짝 바랜 파스텔톤의 지붕으로 따스하게 스며든다.

빽빽하게 모인 초록색과 연두색의 나뭇잎들이

건물 앞에 톡톡 흔적을 남긴다.

가로:세로를 3:4의 사진이라고 한다면,

3분의 2를 채운 하늘과 3분의 1을 채운 건물.

그리고 7분의 1에 찍힌 사람 2명은 참 작다.

짙고 푸른 구름이 보들보들하게 도포되어 하늘을 가득 메운다.
숨을 크게 들이마신다.
시리도록 푸른 공기가 입안 가득 들어와 폐에 빨려든다.

사라질 수 없어 버티는 시간

- 코펜하겐

나는 지금, 인어공주 동상 앞에 서 있다.

바다의 표면 위로 올라온 돌 위에 굳건히 앉아 있는 그녀.
'물거품이 되기 전에 그를 처음 마주한 바다로 돌아온 걸까?'

그녀는 지느러미로 변해가는 다리를 뒤로 뻗는다.
체념한 듯 다리 위로 왼손을 툭 올리지만,

한편으로는 그가 오지 않을지 조금의 기대심을 가지고
오른손으로 돌을 딛고는 오른팔에 무게를 둔 채
고개를 오른쪽으로 돌려 수평선 끝을 바라본다.

110년.
그녀의 시간 110년은 그렇게 지나간다.

내식성이 좋은 청동으로 만들어진 그녀는
부식되거나 침식되지 않아 사라질 수조차 없다.
그렇게, 오지 않을 그를 같은 자리에서 하염없이 기다린다.

무채색 바다를 가로지른 맞은편에 있는 공장들.

무채색 원기둥들 위로 잿빛 연기가 솟고

흐린 하늘을 가로지르는 무채색 바람이 서늘히 그녀를 감싼다.

쓸쓸한 광경이다.

내식성이 좋은 청동으로 만들어진 그녀는
부식되거나 침식되지 않아 사라진 수조차 없다.
그렇게, 오지 않을 그를 같은 자리에서 하염없이 기다린다.

지식을 간직한 블랙 다이아몬드

- 코펜하겐

나는 지금, 덴마크 왕립도서관의 문 앞에 있다.

검은 화강암으로 만들어진 도서관.
(몇십 년이 지났을까?)
새까만 표면을 반질거리며 그 자리에 굳어버린 그곳으로 들어간다.

건물 안으로 연노란 햇빛 한 줄기가 들어온다.
통창에 부딪혀 잘게 부서진 빛줄기.
그 아름다운 빛의 파편이 사람들 머리 위로 떨어진다.

건물 앞에서 나직이 흐르는 운하 위로 수상버스 한 대가 운행한다.
잔잔한 물의 표면에 부드러운 곡선 모양의 흉터가 생긴다.
바람의 흔적을 남긴 채, 올올이 드러난 잔물결.

그것은 가지런히 울리며 파장이 되어 나에게 다가온다.
마음이 움직인다.
'감동(感動).'

파란 하늘 아래 몽글몽글한 구름 몇 개가 둥둥 떠다니고
햇살을 흡수한 건물들이 영롱한 빛을 반사한다.

그 아래서 여전히 일렁이는 물길.

'그곳으로 나아가야만 해.

묵직한 이 건물이 쿠궁 소리를 내며 항해해야만 해.'

그토록 감동적인 풍경과 지식을 품은 보석은

고급스러운 반짝임을 빛낸다.

12

룩셈부르크

: 무료 버스를 타고 고전 엽서 속으로

버스 요금 없음
- 룩셈부르크

나는 지금, 버스 정류장에 있다.

둥글고 기다란 철제 의자에 걸터앉아 샌드위치를 먹는다.
수민이의 정(情)이 목구멍을 넘어 식도를 타고
위에서 소장으로 천천히 이동한다.

선명한 연두색 버스가 정류장으로 들어온다.
버스의 양옆으로 크게 써진 흰 글씨.
[FLIXBUS].

높다란 문이 오른쪽으로 부드럽게 열리고
사람들이 하나둘 일어선다.
나도 그들을 뒤따라 계단을 내려간다.

버스를 타기 전에 맡긴 20인치 캐리어를 오른손에 들고
한국에서 들고 와 지금까지 쓰고 있는 에코 백을 왼손에 들고
32리터 배낭을 등에 짊어진다.

휴대폰 화면을 켜서 시간을 확인한다.
13:00.

(어차피 새벽 1시에 다시 여기서 플릭스 버스를 타야 하지만,)

'정류장에서만 12시간을 있을 수는 없어.'

시내를 향하는 버스에 올라탄다.

요금 따위는 없다.

그저 기사 아저씨와 짧은 미소를 주고받고

앉을 자리를 찾으러 더 깊숙이 들어간다.

15명의 아이와 1명의 여자 선생님

그리고 일반 서양인 승객들이

모든 좌석을 채운다.

눈꺼풀로 덮인 눈알들.

나를 뚫어져라 쳐다보는 눈알들.

휴대폰을 보려고 아래로 내려간 눈알들.

창밖을 바라보느라 오른쪽으로 돌아간 눈알들.

그러한 눈알들이 사람들의 얼굴에 박힌 채

요리조리 굴러다닌다.

그중 한 쌍의 눈알과 정면으로 마주친다.

1초, 2초, 3초, 4초.

순수하고 깨끗하게 빛나는 그것이 반쯤 가려진다.

그리곤 자기가 앉아 있던 자리에서 일어나 왼쪽으로 걸어간다.

고개를 뒤로 젖히고 오른손으로 빈자리를 가리키며

나를 쳐다보는 두 눈동자.

(꽤 큰 짐을 3개나 지고 있는 내 모습이 안쓰러워 보였을까?)

어떤 생각으로 자리를 양보해 준 것인지는 모르겠으나

유럽에서 그것도 아이에게 자리를 양보받은 적이 처음이라

그저 고마울 따름이다.

정말, 너무나도.

둥글고 기다란 철제 의자에 걸터앉아

수민이가 준 샌드위치를 먹는다.

과거는 현재를 이어
- 룩셈부르크

나는 지금, 아돌프 다리를 향해 걸어가고 있다.

다리를 지탱하는 아치형 구멍들.
그 사이사이로 옅은 노란빛 나무들과
짙은 옥빛 나무들이 산들거린다.

다리의 꼭대기에서
앞을 향해 달리는 샛노란 차 한 대와
꼭대기 뒤로 우뚝 선 은행 건물.

[Banque et Caisse d'Epargne de l'Etat]이라는 이름의 은행.
민트색 원뿔형 지붕이 티파니 블루색 하늘을 찌르고
황색 벽에 일정한 간격으로 다닥다닥 붙은 아치형 창문들과
반듯한 연색 지붕들이 옆으로 나란하다.

넋을 놓고 걷다가 벌써 다리에 도착한다.
다리의 가운데 부분을 건넌다.
양쪽에서 수직으로 설치된 철선들로 인해
아치형 구멍 사이로 보이는 풍경이 얇게 끊긴다.

천장에는 가느다란 직사각형 조명들이 하얗게 빛나고
바닥에는 인도와 자전거 도로가 균일하게 펼쳐진다.

세련되고 깔끔하다.

다리를 건너면서 한없이 바라봤다.

그 순간의 평화가 너무도 아름다워 내가 여기에 있다는 것이 실감 났다.

투명한 정육면체 속에서

- 룩셈부르크

나는 지금, Pfaffenthal의 파노라마 엘리베이터 안에 있다.

왼쪽, 정면, 오른쪽으로 연속하게 이어진 세 개의 면이
투명한 통창으로 되어 있는 정육면체가 위로 천천히 움직인다.

땅에서 점점 멀어지면서
신호등 아래에 일정하게 줄을 선 자동차들은 작아지고
큰 건물들과 그들 사이사이를 빽빽이 채우는 짙은 녹빛 나무들이
내 발밑으로 점점 내려간다.

군데군데 보이는 건물들의 모습은 똑같을 정도로 비슷하다.
수없이 맞은 빗줄기의 모양으로 얼룩진 납빛 모자를 쓴,
주황빛이 완전히 빠진 연한 살구색 몸통.
그 몸통에 콕콕 박혀 있는 직사각형들.

띵.
제일 꼭대기 층인 전망대에 도착한다.
왼쪽, 정면, 오른쪽 그리고 바닥까지 모두 투명하다.

발밑에는 작아진 나무들과 건물들이 여기저기를 채우고

눈앞에는 솜사탕 구름들이 뭉글뭉글 뜬다.

양옆으로 기다란 빨간 다리 하나는 울창한 나무숲의 사이를 잇는다.

다리는 하늘과 육지의 중앙에서 수평을 이루고

그 위로 길쭉한 버스 한 채가 묵묵히 달린다.

13

스위스

: 사랑과 행복의 파노라마가 푸르게 빛나

사랑: 기대 없는 정성
- 취리히

나는 지금, 발을 뻗은 채로 호텔 침대 위에 앉아 있다.

후두둑후두둑.
창밖으로 추적추적 비가 내린다.
침울한 날씨.

빗방울을 가로지른 바람이 방 안으로 훅 들어온다.
서늘한 공기가 나를 감싼다.
콜록콜록.

"창문 닫을까?"
엄마의 목소리가 나의 기침 소리를 곧바로 낚아챈다.

(찬 공기를 들이마시는 것이 감기에 안 좋다는 건 알지만…)
"아니. 괜찮아."
하얀 이불을 바스락거리며 목 끝까지 올린다.

엄마를 본다.
그녀가 캐리어에서 노란 비닐 팩을 꺼내고
팩을 뜯어 건조한 무언가를 보글거리는 냄비 안에 넣는다.

냄비에서 작은 수증기가 새어 나온다.
고소한 누룽지 냄새가 방 안에 퍼진다.

따듯한 연기를 풍기는 누룽지를 입안으로 가져간다.
자극적이지 않아 속이 편안하다.

'나를 이렇게 연속적으로, 아무런 대가 없이
아니 오히려 손해를 봐가며
온전히 돌봐주는 사람이 이 세상에 얼마나 있을까.'

잔잔하게 편안함을 주는,
유일무이한 따스함이 내 주위로 끊임없이 떠다닌다.

꿀꺽.
입안에 있는 음식을 목구멍 뒤로 넘기곤
다시 엄마를 바라보며 작게 우물댄다.
"고마워."

나를 행복하게 하는 것과 나를 설레게 하는 것 이전에,
가장 근본적인 사랑은
나를 아프지 않게 하는 것임을 기억한다.

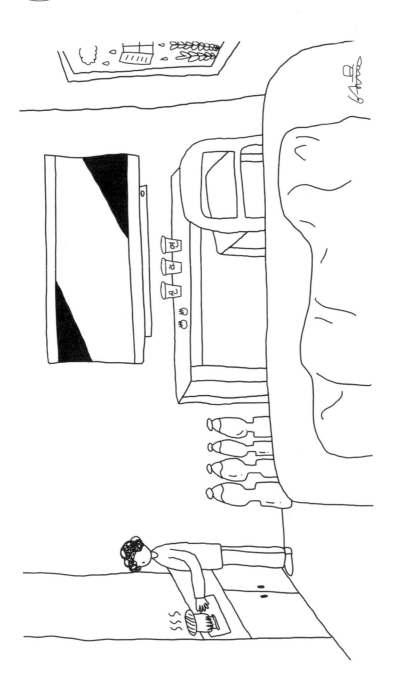

파노라마 기차

- 그린델발트

나는 지금, 그린델발트역을 향하는 기차 위에 있다.

앞으로 쭉 뻗은 기차.

내 앞으로 끝없이 놓인 다른 칸들이 한눈에 들어온다.

칸마다 있는 파노라마 창문들.

양옆으로는 길쭉한 직사각형의 창문들이

위로는 미소한 직사각형의 창문들이

서로를 바라본다.

네모난 창들을 통해 무한한 빛이 쏟아진다.

왼쪽에서, 위쪽에서, 오른쪽에서.

그 창들 밖으로 다양한 경관이 보인다.

지나온 모든 자연이 온전히 한눈에 들어온다.

진한 초록빛 나무, 에메랄드빛 강, 그리고 구릿빛 나무집이

붉게 타오르는 태양 아래서 반짝인다.

(비록 기차 안에 있지만,

이 자연을 온전히 누리고 있는 것 같다.)

옆으로 길게 퍼진 경치를 막힘없이 본다.

아름다운 전경이다.

푸름을 간직한 도시

- 룽게른

나는 지금, 호수 바로 앞 회색 돌계단 위에 앉아 있다.

고요하게 일렁이는 에메랄드빛 표면이

잔잔하게 계단 위로 올라온다.

그렇게 오르고 내리기를 반복하며

연한 회색빛의 돌계단이 진하게 변한다.

계단 옆에서 굴러다니는 작은 돌멩이 하나를

호수 위로 가볍게 던진다.

일정했던 표면이 동그랗게 금이 간다.

물결이 위아래로 움직이며 파장이 생긴다.

그 아래로 돌멩이가 천천히 잠긴다.

앞을 본다.

첩첩 쌓인 산들이 강렬한 옥빛을 뿜는다.

햇살이 산들을 비춘다.

숲의 색이 더욱 진해진다.

햇살이 호수에 내린다.

자잘하게 이는 물결이 비친다.

매끈했던 표면에 에메랄드빛 비늘이 생긴다.

천천히 내려오는 햇빛의 줄기는

어느새 나의 등에 닿는다.

따스하다.

그럼에도 아른거리는 것은 어쩔 수 없지만

- 콜마르(스위스 여행 중 들리게 된 프랑스의 작은 도시)

나는 지금, 엄마와 걷고 있다.

광란하는 햇살은
우유처럼 새하얗고 뽀얀 구름을 헤집고
살랑이는 바람은 무지갯빛 궤적을 만든다.

그 궤적을 따라 하늘을 올려다보니
맑고 깨끗하게 조각된 햇볕이 뾰족한 지붕 위로 쏟아진다.
바삭한 쿠키로 만들어진 것 같은 과자집들의 지붕 위로.

달큰한 향기는 하늘 끝까지 차오르며 찰랑이고
무지갯빛 바람은 여전히 선명한 자취를 남기며 불어온다.

그 아름다운 빛에 얼굴을 부비는 사람들.
그들의 볼 두 개와 콧잔등은 발그스레해지고
주황빛 주근깨는 더욱 선명해진다.
'지금 나의 모습도 저렇게 예쁠까.'

기념품 상점에 가득 매달려 있는 황새 인형들.
(귀엽다.)

혹시나 하는 마음으로 엄마를 떠보지만,

역시나 넘어오지 않는다.

'그래, 어차피 한낱 인형일 뿐이야.'

잠시 떨어지는 연습
- 콜마르

엄마가 옆에서 미소를 짓는다.
나를 바라보며.
애틋하게.

마음 한구석에 숨겨진 모서리가 갈라지며
선명하지 않고 묽은 슬픔이 스멀스멀 올라온다.

모든 것이 익숙한 듯하였지만,
사실 그 모든 것은 처음이었고
아마 마지막이 될 것임을 이미 깨닫는다.

아직은 크게 와닿지 않은 순간들에
기어이 아름다운 이름을 붙이기 위해
기꺼이 포장하는 행위.

기어이 이 모든 것을 거머쥐기 위해
기꺼이 흔적을 움켜쥐는 행위.

막상 헤어지더라도
어차피 또 만날 것임을 알고

어차피 또다시 내 나름대로 잘 지낼 것임을 알지만,

일단 지금은 아쉬우니까

그냥 마음껏 애틋해지기로 한다.

다시 돌아온 이곳

- 취리히

나는 지금, 공원과 마을을 잇는 다리 위에 있다.

자전거와 사람들만이 다니는 다리 위.

엄마를 보내고 처음으로 다시 찾은 이곳이다.

다리 위에서 위태롭게 서 있는 사람들이

하나둘씩 웃통을 벗고 강물로 뛰어든다.

제각기 크기의 물 파장이

잔잔했던 수면 위로 하나둘씩 새겨진다.

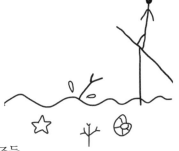

물속에는 다양한 생명체가 존재한다.

저들끼리 한구석에 모여 물장구를 치는 백조들.

저들끼리 두 줄로 나뉘어 헤엄치는 사람들.

물속 깊이 자취를 감춘 녹색, 갈색, 홍색의 해조류들.

물 위에도 다양한 생명체가 존재한다.

배낭을 메고 다리를 지나다니는 여행객들과

자전거를 타고 다리를 지나다니는 일상객들.

그들의 등에는 무거운 짐 따위 없다.

나는 여행과 일상의 경계(境界)에 선다.

결단코 이어질 수 없는 각각의 구획이

맹세코 이어질 수밖에 없는 각개의 하루에

동시에 존재하는 순간이다.

14

독일

: 고요히 마주하는 것들에게 설렘을 느껴

첫사랑을 마주하는 시점
- 린다우

나는 지금, 평평하고 긴 다리 위에 있다.

보라색과 분홍색이 섞인 오묘한 저녁 하늘.
날씨가 좋다.

마을과 마을을 연결하는 큰 다리.
아래로는 보트가 지나가고
위로는 비행기가 지나간다.

오른쪽으로 고개를 돌린다.
석양을 바라보며 물 위를 달리는 기차.
'와, 센과 치히로의 행방불명에 나오는 기차 같다.'

노란 불빛들이 가득한 광장.
그 아래서 맥주를 마시며 웃고 있는 외국인들.
긴장이 가라앉는다.

"어쩌면 여기가 내 최애 도시가 될 거 같아."

어느 한 숙소의 아침

- 린다우

나는 지금, 낮고 작은 방 안에 있다.

낡은 나무 창문을 연다.

파란 하늘 아래 고요한 거리.

맞은편 건물에서 창문을 열고 커피를 마시는 사람.

눈을 마주하고 고개를 끄덕인다.

방문을 열고

밤색 나무 계단을 내려간다.

끼익. 끼익.

2층 계단 옆에 여전히 서 있는 찰리 채플린[11] 등신대.

또다시 놀란다.

0층에 도착해 오른쪽에 있는 청록색 문을 연다.

각종 빵과 치즈, 우유와 시리얼, 커피와 과일.

그것들이 가득한 높고 큰 주방.

(다른 세계인 줄 알았다.)

11) 영국의 배우이자 코미디언이며 영화 감독이자 음악가

안쪽 문 옆에 서 있던 여자가 활짝 웃으며 말한다.

"자유롭게 드세요!"

낡은 나무 창문을 연다.
파란 하늘 아래 고요한 거리.

멍하게 머무른 오전
- 린다우

나는 지금, 나무 벤치 위에 앉아 있다.

정면을 본다.

빨간 카누 위에서 노란 노를 젓는 아가씨.

나는 그녀를 향해 손을 흔들고 그녀도 나를 향해 손을 흔든다.

그녀를 유유히 지나치는 백조 가족.

고귀하게 발버둥 치는 큰 백조 뒤로 작은 아이들이 따라간다.

수면이 은빛 비늘을 반짝이며 얄랑인다.

뒤를 본다.

부러진 등받이가 사선을 이룬다.

작은 개미 한 마리가 그 위를 오른다.

사선의 끝에 다다른 개미.

더 이상 갈 곳이 없음을 알아차린다.

흙바닥을 본다.

빼곡한 풀잎들 사이로 듬성듬성하게 난 하얀 꽃들.

그 위로 작고 하얀 나비들이 날아다닌다.

성당 종소리가 나의 귀에서 울리고
여러 생명체가 나의 눈에 들어오며
공기의 움직임이 나의 피부를 건드린다.

'지금, 이 순간엔 무엇이 나를 이루는가?
부러진 나무 벤치 위에서 느끼는 사소한 감각들.'

정면을 본다.
빨간 카누 위에서 노란 노를 젓는 아가씨.
나는 그녀를 향해 손을 흔들고 그녀도 나를 향해 손을 흔든다.

8월의 한 조각

- 뮌헨

나는 지금, 뮌헨 국제공항을 향하는 기차 위에 있다.

예정 시간, 11:35.

지금 시간, 12:05.

목이 탄다.

가방에서 투명한 페트병을 꺼낸다.

차가운 물방울이 구슬구슬 맺힌다.

페트병 뚜껑을 따닥 열고

페트병이 찌그러질 정도로 벌컥벌컥 물을 빨아들인다.

휴대전화 화면을 켜고 끈다.

얼마 안 되서 다시 켜고 끈다.

(초조하다.)

불안한 눈빛으로 주변을 살펴본다.

나처럼 캐리어를 갖고 있는 사람이 가득하다.

'분명 나와 같은 상황의 사람들인 거 같은데….'

그러나 나와는 다르게

편안한 표정으로 멍하게 어딘가를 바라보는 그들.

그들에게서 여유로움이 흘러내리더니 나에게 닿는다.

그것을 가장 강하게 흘려보내는 할머니에게 묻는다.

"저기. 혹시, 뮌헨 공항에 가시나요?"

"네. 근데 비행기를 탈 수 있을지 모르겠네요."

나보다 더 이른 시간의 비행기표를 들고 있는 그녀.

"기차가 30분 넘게 안 움직이고 있는데 화나지 않으세요?"

"뭐, 여기는 독일이잖아. 하하."

(돈이 풍족하신 분이라는 생각이 가장 먼저 들었다.

그리고 지금의 난 어떤 것도 풍족하지 않다는 걸 알아차렸다.

그래서 마음이라도 풍족하게 있어 보기로 다짐했다.)

눈을 감는다.

나의 감각에 온전히 몰입한다.

웅성거리는 소리가 먹먹해진다.

후끈한 공기가 코로 들어오고 나온다.

태양의 조각이 부서져 내려 나에게 닿는다.

페트병 위 차가운 물방울이 내 손등 위로 내린다.

'아, 8월의 독일이구나.'

15

스페인

: 빨간 더위와 우연한 시선(視線)들이 나를 비춰

파란 하늘, 푸른 바다, 주황 지붕
- 바르셀로나

나는 지금, 구엘 공원을 향한 오르막길 위에 있다.

바닥을 본다.

땅 위로 투명하게 이글거리는 열기가 바람을 막는다.

정면을 본다.

나무와 벤치가 길을 따라 높게 늘어선다.

붉은 태양 아래 푸른 나무.

검은 그림자가 고동색 나무 벤치에 내려앉는다.

(그 그림자 안에 바람이 다 모여 있는 것 같다.)

계속 올라간다.

오른쪽을 본다.

파란 하늘 아래 노랗게 빛나는 수평선과

그것을 향해 깊게 뻗어가는 푸른 바다.

단순하고 깔끔하다.

그 바다의 앞으로 빽빽하게 선 다양한 주황빛 채도의 지붕.

그 지붕을 가소롭게 내려다보는 사그라다 파밀리아 대성당.

"아, 바르셀로나는 태양을 닮았어."

불꽃을 바라보는 시선

- 바르셀로나

나는 지금, 축제가 한창인 거리 위에 있다.

인형들이 걸어 다닌다.

2미터는 가뿐히 넘어 보인다.

그 뒤로 검은 망토를 두른 아이들이 걸어 나온다.

그들이 망토에 달린 후드를 뒤집어쓴다.

큰 원을 그리며 팔을 크게 돌린다.

쉭쉭.

끈에 매달린 채 돌아가는 통.

불꽃들이 밖으로 세게 흩어진다.

앞으로, 옆으로, 뒤로 튀어

공중에 오른 불꽃들.

그것들이 사람을 향해 달려든다.

따갑지도 않은지 그냥 웃으며 맞고 있는 사람과

따가워하며 피하는 사람.

그리고 애초에 가까이 가지 않은 채

멀찍이 지켜보는 나.

너그러운 마음가짐

- 바르셀로나

나는 지금, 바르셀로나 공항에 있다.

웅성웅성.

드르르륵.

저벅저벅.

사람들이 소란스럽게 도란거린다.

은색 카트가 불빛에 반사되며 사람들 손에 끌려다닌다.

수많은 발이 이리저리 바쁘게 내디딘다.

널찍한 공항의 가장 밑바닥에서 울리는

여러 가지 소리는 위로, 옆으로, 앞으로, 뒤로

멀리멀리 퍼진다.

은근하게 퍼지는 그 소리가

은밀하게 사람들의 귀 안에 침투한다.

빡빡머리 아기는 유모차 안에서 곤히 잔다.

볼 두 개가 발그스름하다.

소음을 '소리'로 받아들이는 너그러움.

벽 하나를 가득 채운 통창 밖으로 산이 마르고

자연에 비해 한참 작은 비행기가 천천히 움직이며

그것과 비교할 수도 없을 만큼 작은 사람들이 비행기를 탄다.

유일한 이방인

- 바르셀로나

나는 지금, 비행기를 떠나보냈다.

동그랗게 둘러싼 열 명의 스페인 사람들.

그 중앙에서 멍하게 선 나.

(뜬금없다.)

더구나 이 항공사는 부엘링.

스페인 항공사이다.

멍하게 서 있는 유일한 이방인은 무시한 채

그들만의 언어를 서로 던져댄다.

나의 오른쪽, 왼쪽, 머리 위를 지나다니는 그 언어.

강렬하고 빠르다.

'아, 이게 엎친 데 덮친 격인 건가.'

이대로 계속 멍하게 있을 수 없기에

정신을 차리고 재빨리 지나가는 단어들에 집중한다.

"있지", "앉음", "자리", "비행기"

"두", "방법"

"머물다", "호텔", "무료", "혹은", "비행기", "도착", "자정"

(와, 살았다. 제일 중요한 해결책을 이해했다.)

호텔에서 무료로 자고 내일 아침 비행기를 타는 것과

다음 비행기를 타고 자정에 세비아에 도착하는 것.

내 앞으로 두 가지 선택지가 놓인다.

세비아에서 사업 중인 스페인 아저씨와

가족을 보러 가는 또 다른 스페인 아저씨.

그리고 그저 여행 중인 한국인.

우리 세 명은 첫 번째 방법을 선택한다.

오른쪽을 본다.

콧수염과 턱수염이 있는 대머리 아저씨가 나를 내려다본다.

왼쪽을 본다.

살집이 두둑해 풍성해 보이는 아저씨가 나를 내려다본다.

'음? 어쩌다 이런 상황이?'

맥주로 씻겨 내려간 황톳빛 건조함

- 바르셀로나

나는 지금, 허름한 황톳빛 집이 군데군데 있는 거리에 있다.

황톳빛 모래 가루들이 바닥에서 낮게 날아다닌다.
메마른 바람이 뒤엉키며 나를 감는다.

각종 잡동사니가 매달린 가게에 들어간다.

바닥에 흐트러져 있는 여러 상자 중
'póquer'라고 쓰인 한 개의 상자.
대머리 아저씨가 그것을 집는다.

작은 가게에 들어가 아저씨들이 맥주를 주문한다.
그 사이에 주위를 둘러본다.
앉을 수 없는 내부.
대신에 야외에 놓인 나무 탁자와 나무 의자.

음료 세 개와 안주 세 개가 똑같이 나온다.
몽실하게 올려진 거품 아래 기포를 내는 맥주와
퍽퍽하게 잘린 바게트 위에 놓인 다진 생선.

유리병을 따라 차갑게 흐르는 물방울들이 손 위에 올라탄다.

우리는 그 물기 젖은 손을 앞으로 내밀고는 크게 외친다.

"살룻(Salud)[12]!"

화려한 어둠

- 바르셀로나

나는 지금, 호텔 옥상에 있는 서양식 술집에 있다.

하얀 연기가 모락모락 나는 두툼한 감자튀김과

오렌지빛과 보랏빛이 오묘하게 뒤섞인 칵테일.

하늘은 어둡고 바닥에선 화려한 색의 조명이 켜진다.

칩을 앞으로 민다.

배팅이 시작되며 3판의 경기가 신중히 진행된다.

모든 게임이 끝난다.

숨 막히게 경직된 공기가 풀린다.

느즈러진 우리.

시간이 멈추고 멍해진다.

내 주변과 지금이 보인다.

새까만 어둠 아래

선선한 공기 속에서

화려하게 빛나는 주변과 우리다.

어쩌다 내가 이들과 같이 있는지는 모르겠지만,

어쩌다 내가 포커를 하고 있는지는 모르겠지만,

훅.

예상치 못하게 다가온 인연과 순간들은

내 세포 하나하나에 저장되고 새파란 추억이 된다.

파랑 아래 흐르는 초록들

- 세비야

나는 지금, 어느 광장에 있는 한 나무 의자 위에 앉아 있다.

주변을 두리번거린다.

적당히 기다마한 표지판을 발견한다.

남색(藍色) 바탕에 하얀 글씨로 얇게 쓰인 글씨.

[Plaza del Duque de la Victoria][13].

(이름에서부터 단아한 고급스러움이 느껴진다.)

(거대한 체스판 위에 올라온 듯)

검은색과 흰색이 번갈아 있는 깔끔한 체크무늬 바닥.

그 바닥을 뚫고 자란, 기다란 야자나무.

파란 하늘이 나의 시야를 가득 채운다.

그곳에 떠 있는 가느다란 구름 2개를 멍하니 바라본다.

얇지만 큼지막한 이파리가 시야 구석에서 흐릿하게 움직인다.

눈알을 굴려 이파리들을 바라본다.

그 기다란 잎들 사이로 햇살이 들어온다.

13) 그대로 번역을 하면 '승리의 공작의 광장' 이라는 스페인어

바람에 움직이는 이파리들을 따라
무수한 빛깔이 잔잔히 얄랑인다.

연두색 플라스틱 숟가락을 이용해
초록색 피스타치오 소스를 꾸덕하게 올린
새하얀 프로즌 요거트를 떠먹는다.

(개인적으로 [llaollao][14]는 피스타치오 소스가
진리인 것 같습니다.)

14) 스페인 브랜드의 요거트 아이스크림 가게

Plaza del Duque
de La Victoria

llaollao

감각을 일깨우는 시간, 밤 11시
- 세비야

나는 지금, 스페인 은행 정문 앞의 계단 위에 앉아 있다.

둥근 회색빛 원기둥을 딛고 서서
하늘을 향해 오른손을 들고 있는 작은 병사가
하얀 분수대의 꼭대기에서 재의 빛깔을 띤다.

그 아래에 있는 짤막하고 뭉툭한 기둥.
얼굴 모양의 조각상 4개가 기둥의 각 면에 붙어 물을 뿜는다.

양쪽 입꼬리가 살며시 올라간 입에서 물이 졸졸 흘러내린다.
네 개의 물줄기들은 일자로 반듯하게 떨어져
맨 아래에 있는 둥글고 커다란 그릇의 깊은 안쪽에 모인다.

계단에서 내려와 미끈한 돌이 울퉁불퉁하게 박힌 땅을 밟는다.
그리곤 앞으로 나아가 큰 원반 앞에 도착한다.

고개를 숙여 물줄기가 모이는 곳을 바라본다.
투명한 수면 아래에 오목하게 파인 그릇의 바닥.

그 위로 놓인 약간의 동전들은

수면을 통과하는 빛에 의해 굴절되며
물의 표면에 따라 양옆으로 일렁인다.

가만히 서서 뚫어져라 쳐다본다.
(나도 모르는 새에 빨려 들어가 있을 것만 같이)
잔잔한 일렁임이다.

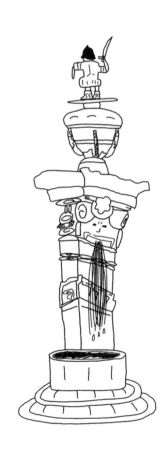

초록은 숨 막히는 공기를 던져

- 세비야

나는 지금, Triana라는 동네에 있다.

뙤약볕이 파란 하늘의 한구석에서 몹시 내리쬔다.
대기의 온도가 급격하게 높아지고
땅에서 수증기가 스멀스멀 피어오른다.

위에서는 햇볕이 쨍쨍 대고
옆에서는 차들이 빵빵대는
날것의 다리를 건넌다.

다리에서 내려와 그늘진 장소를 찾는다.
풀들이 무성하게 우거져 꽉 들어찬 곳으로 천천히 다가간다.
땅과 강 사이에서 낮게 자란 나무들이 그늘을 드리운다.
이파리마다 앉아 있는 풀벌레들은 찌르르하고
초록의 그림자는 나를 시원하게 뒤덮는다.

숨 막히던 공기를 집어던지고
초록을 깊게 들이마신다.
초록의 시원함이 세포 곳곳에 녹아든다.

먼저 코로 들어오고 기도를 넘어 폐에 닿는다.

12쌍의 갈비뼈가 부풀어 오르고 배가 빵빵해진다.

사그락사그락.

작은 모래를 밟는 소리가 내 뒤에서 들린다.

땅 위로 한 쌍의 커플이 지나간다.

(무성한 나뭇잎들 덕분에 그들은 나를 못 본 듯하다.)

강 위로는 투명한 뚜껑이 덮인 배 한 척이 떠다닌다.

배가 앞으로 나아가며 거대한 대각선의 물살을 만든다.

그 물살이 물결에 의해 부드럽게 나에게 다가온다.

"아, 배고파. 주변에 있는 맛집이나 찾아봐야지."

(갑자기?)

앤쵸비 타파스
- 세비야

나는 지금, Típico라는 식당의 창가 좌석에 앉아 있다.

거의 모든 자리에 사람이 들어차 있어서
홀린 듯 들어와 버린 타파스[15] 전문 식당.

포도주를 한 모금 홀짝 마신다.
'아, 실패다.'
두근거리며 선명했던 기대감이 한순간에 가라앉는다.
'그래도 뭐 어떡해. 이미 나왔으니까 먹어야지.'

조용해진 심장을 놓아두고
오늘 특히 질이 좋다는 새끼 돼지를 먹는다.
우적⋯. 우ㆍㆍ우적?

놀란 심장을 부여잡고
따스하게 구워진 빵 위에 올라간 꽤나 큰 유럽 멸치를
와그작 먹는다.

새끼 돼지는 야들야들하고

---

15)   식욕을 돋우어 주는 스페인식 애피타이저

앤쵸비는 특유의 독특한 소스와 완벽하게 조화된다.

(앤쵸비 타파스가 이 가게의 단연코 최고임을 깨닫는다.)

'이걸로 이렇게 다시 심장이 시끄러워지다니.

참 단순해서 자존심 상하긴 하지만….

일단 난 지금 행복해. 하하!'

나만의 뮤지컬

- 세비야

나는 지금, 스페인 광장에 있다.

하늘을 본다.

붉은 해와 푸른 달이 서로를 비추며

주황빛에서 분홍빛으로, 분홍빛에서 자줏빛으로

하늘을 서서히 물들인다.

(스페인 광장의 아름다움은 아침도 밤도 아닌

저물녘인 듯하다.)

검은 챙모자를 쓴 한 아저씨가

둥글게 펼쳐진 호수를 잇는 다리 위에서

기다란 아코디언을 부드럽게 움직이며

아름다운 멜로디를 만들어낸다.

흰색 건반에서 콸콸 흘러나오는 다양한 영화의 배경음악들.

광장에는 그 음악에 맞춰 춤을 추는 사람들로 가득하다.

미드나잇블루가 하늘을 물들인다.

초승달이 낭랑하게 빛을 낸다.

노란 조명이 하나둘 켜진다.

하늘에는 구름 한 점 없고
바닥에는 쓰레기 하나 없다.
매끈하고 깨끗하다.

건물의 발코니 위에서
아코디언 선율에 맞춰 노래를 부르는 사람과
노란 조명 아래서 여전히 춤을 추는 사람들.

이곳에서 모두는 미소를 잃지 않는다.

바람에 실려 오는 모든 것

- 마드리드

나는 지금, 분수대를 바라보며 앉아 있다.

물이 뿜어져 나오는 분수대에 푸르스름한 달빛이 내려앉는다.

그 기다란 물줄기가 바람에 의해 분해되어 물방울이 된다.

무수히 흐트러진 채 공기에 뜬 방울들이 바람 위에 올라탄다.

바람이 나를 향해 강하게 분다.

그와 함께 공중에 떠다니던, 물의 덩이들이

나의 볼과 나의 이마에 톡 톡 닿는다.

높게 선 나무의 길게 쭉 뻗은 가지들.

아슬아슬하게 매달려 있던 갈빛 나뭇잎은

비슬비슬하게 떨어져 바람 위에 올라탄다.

공중에 떠다니던, 힘없는 이파리가

잔디 위에서 낮잠을 자는 한 소녀의 머리 위로 툭 떨어진다.

낮게 선 나무 벤치 위에 앉아 잔잔히 노래를 부르는 연인.

그들의 입에서 연속적으로 내뱉어지는 리듬이

바람에 의해 분해되어 음표가 된다.

뒤엉키며 넓게 퍼지는 음표들이 바람 위에 올라탄다.

공중에 떠다니던, 음의 장단을 나타내는 기호들이
먼 곳에서 돌고 돌아 나의 귓등으로 넘어간다.

스페인 국기는 여전히 바람에 흔들린다.

14:30.

새하얀 궁전의 꼭대기에 달린 시계가 보인다.

15 스페인

보통의 아름다움

- 마드리드

나는 지금, 마드리드 궁전을 바라보며 앉아 있다.

너무 높지도 너무 낮지도 않은,

적당하게 높은 언덕 위에서

시원한 바람을 맞으며 옆으로 살랑거리는 잔디.

그 살아 숨 쉬는 잔디를 폭신하게 깔고 앉는다.

어색한 두 손바닥을 자연스럽게 바닥에 툭 놓는다.

열 개의 손가락 사이사이로 연두색 잎이 삐져나오고

물 먹은 짙은 갈색의 흙이 두 손바닥에 촉촉하게 달라붙는다.

왼쪽 위를 본다.

마드리드 궁전의 꼭대기에 매달린 납빛의 종이

앞뒤로 움직이며 소리를 낸다.

정면을 똑바로 본다.

앞뒤로 엇갈리게 겹친 두 개의 산.

그 틈 사이로 붉고 동그란 태양이 또렷이 내려간다.

둥근 표면에서 뿜어져 나오는 붉은 빛에 의해

말끔한 하늘이 빨강, 주황, 노랑, 연두, 파랑을 품으며
무지갯빛 그러데이션을 이룬다.

'아, 일상적인 아름다움.'
일상적이지만 전혀 일상적이지 않은, 그 보통의 평범함은
잔잔하게 빛나는 아름다움을 가진다.

혼자의 삶

- 마드리드

나는 지금, 마드리드 공항에 있다.

스페인 마지막 여행지이자
어쩌면 마지막 유럽 여행지가 될 마드리드.

세비야만큼이나 항상 햇빛이 쨍했고 더웠던,
그토록 맑았던 마드리드에
오늘은 비가 온다.

후두두두.
얇은 빗줄기가 통창의 유리 벽을 두드린다.

유리 벽에 붙어 천천히 흘러내리는 빗방울들을
가만히 바라보며
마드리드에서의 나의 모습을 떠올린다.

주로 혼자다.
(혼자 여행을 하며 외롭다는 생각은 한 번도 하지 않았다.
오히려 편해서 좋다는 생각만 했다.)

혼자여도 충분히 나를 감싸고 있는 것들을 느낄 수 있고
혼자여도 충분히 나의 오감을 만족시킬 수 있다.

덕분에 경계 없는 자유를 온전히 누릴 수 있으니까.
사람을 그리워하면 이러한 여행을 즐기지 못할 테니까.
계속 사람을 찾을 테니까.

그런데 오늘 처음으로 이러한 의문이 내 뇌를 가득 채운다.
'근데. 이게 진짜 좋은 건가?'

글을 마치며

#작가의 말

안녕하세요.

작가의 말입니다.

1. 단어에 대하여

'똑같은 단어를 계속해서 반복적으로 보다 보면

그 단어가 주는 느낌에 익숙해져 버려서

그 단어를 통해 느낄 수 있는 감각이 둔해져 버릴 거 같다.'

는 생각이 들었습니다.

그래서 보기로는 같은 풍경과 모습이더라도

그것을 수식하는 명칭을 모두 다르게 하고

다양한 수식어를 사용하려고 노력했습니다.

제가 가진 단어의 폭에는 한계가 느껴져

원고 옆에 항상 사전을 띄운 채 작업을 했습니다.

글을 읽으며

이러한 저의 노력을 조금이나마 느꼈을까요?

아무쪼록

당신에게 조금이나마 닿았길 바랍니다.

2. 여행에 대하여

글을 쓰다 보니 한 가지 깨달은 것이 있습니다.

혼자 오랜 기간을 여행하면

(노력을 해서든 우연히든) 타인을 대면하지 않는 이상,

자신이 겪는 순간들이 거의 비슷하다는 것입니다.

여러분도 글을 읽으며 느끼시지 않으셨나요?

수많은 순간 중 [가장] 다른 건 결국 장소밖에 없었습니다.

어느 곳에 있든

저는 자연을 마주하고 음식을 먹고 걷고 쉬기를 반복합니다.

혼자 돌아다니다 보니
항상 비슷한 곳에 가서
비슷한 것을 보고 비슷한 것을 경험합니다.

이것은
저의 뇌에는 저의 데이터밖에 없으며
저의 하루에는 저밖에 없기 때문입니다.

즉, 혼자 여행에는 [강제성]이 없습니다.

다른 누군가와 함께 있었다면,
그의 뇌 안에 있는 그의 데이터를 저의 뇌에 입력하여
더 풍부한 데이터를 활용할 수 있었을 것이며

저의 하루에는 그도 있기에 반강제적으로라도
나뿐만 아니라 그도 함께 즐길 수 있는 하루를 모색하기 위해
색다른 관점으로 여행을 바라볼 것입니다.

(강제성이 완전히 결여된 인간은 나태해지기 쉬우며
약간이라도 강제성이 있는 인생이 어쩌면
행복일 수도 있겠습니다.)

혼자 다니며 외롭다는 생각이 든 적이 없었고

그만큼 그것을 좋아했지만,

이제 자주는 못 할 거 같다는 생각이 듭니다.

혼자 여행을 간 저의 모습이

너무나도 선명하게 예상이 되거든요.

인간은 결국 절대 혼자서 살아갈 수 없다는 것이 느껴집니다.

어쩌다가 마주한 사람들 덕분에

이 책이 조금이나마 활기를 담아낸 거겠죠.

역시 여행은 끝이 정해져 있어서 더 재밌는 것 같습니다.

풍경도, 사람도, 상황도 곧 끝이 날 것임을 알고 있으므로

'일단 즐기는 것'이 가장 좋은 방법처럼 보이죠.

(이 책도 곧 The End가 적힐 텐데

지금, 이 글을 읽는 이 순간도 '일단' 즐기고 계실까요?)

물론 우리의 일상도 언젠가는 끝이 나겠지만,

여행과는 달리 언제 끝이 나는지 전혀 모르기 때문에

쉽게 돈을 쓰지도 못하고 쉽게 싫증이 나면서

무작정 즐기는 것에도 한계가 옵니다.

하지만 이러한 일상의 순간이 있기에

여행이 더 특별하게 다가오는 것이겠죠?

여행은 수많은 끝을 경험하는 것인 것 같습니다.

"비교하면서 살지 마."

이 말을 지키며 살아가실 수 있나요?

사실 우리 사회의 디폴트값[16]은 [비교]라고 생각합니다.

즐겁지 않은 일을 해봐야

내가 무엇을 할 때 즐거웠는지를 깨닫는 것처럼

여행과 일상과의 비교도 마찬가지라고 생각합니다.

※

타인과의 비교를 말하자면,

다른 사람과 어울려 살 수밖에 없는 것이 인간의 인생인 만큼

내가 굳이 하지 않아도 다른 누군가에 의해 이뤄지곤 합니다.

3. 기록에 대하여

당연한 소리라고 생각하시겠지만 아무리 당연하더라도

직접 보고 읽고 말하면 또 다른 느낌으로 다가오기에

한 번 써보겠습니다.

16)   사용자가 값을 지정하지 않아도 시스템 자체에 의해 주어지는 값

세상에 영원한 것은 없습니다.

분명 내가 겪은 순간들임에도
그때 느낀 감정과 기억은 점점 흐려지고
언젠가는 완전히 잊어버리게 되는 순간이 오게 되죠.

시간은 다시 아무렇지 않은 듯 흐르고
우리의 상처는 천천히 회복되며
좀 더 성장한 자신을 발견할 수도 있겠죠.

그러나 우리가 사랑하는 것들이 사라진다는 것은
언제나 너무 슬픈 사실인 거 같습니다.

지나가 버리는 시간을 절대 붙잡을 수 없으니
우리는 기록을 하나 봅니다.

그것을 기억하게 하는 무엇이라도 남겨놓고 싶고
나에게서 벗어나려고 하는 나의 소중한 순간들을
이렇게나마 계속 붙잡고 싶습니다.

4. 사진과 그림에 대하여

이 책을 처음부터 차례대로 읽으신 분이라면

뒤로 갈수록 사진이 많이 빠져 있다는 것을

(사실 거의 다 그림으로 대체되었다는 것을)

인지하셨을 것입니다.

자, 그것에 대하여 잠시 변명하는 시간을 가지겠습니다.

실은 한국에 돌아가기 3일 전에 소매치기를 당했습니다.

그래서 인스타그램과 블로그에 올린 사진들과

카카오톡 프로필이나 배경 사진으로 저장해둔 사진들은

이 책에 넣을 수 있었지만,

그렇지 않은 사진들은 그렇게 공중분해 되었습니다.

그래도 다행인 것은

여행을 할 때마다 노트를 들고 다니며

그림을 그리고 일기를 써두었기 때문에

그 당시에 그린 그림이라도 이곳에 담을 수 있었습니다.

하하.

네…. 그렇습니다.

이것에 대해 하고 싶은 말이 정말 많습니다.

그러나 지면이 허락하지 않으므로 자세한 이야기는

추후 출간 예정인 『감각의 순간: 유럽 일상 편』에
담아보려 합니다.

5. 결론

변하지 않는 것은 없음을 인정하고
흔들리는 길 위에서도 균형을 지탱하며
혼자가 아닌, 서로를 위하는 마음으로
더불어 살아가고 싶습니다.

Cookie.

#일기조각

#일기조각

2023년 5월 21일. 유럽에 온 지 112일째.

요즘 유럽을 여행하며 '휴식', '힐링', '쉼', '여유'를 다루는
나의 태도가 달라지고 있음을 느낀다!
유럽 사람들 특히 가족과 노부부의 삶을 보면,
꾸며진 것들이 아니라 진짜 자신의 일상을 잘 즐기고
제대로 느끼고 누리면서 살고 있다는 생각이 든다.
그리고 간접적으로 느껴지는 그들의 분위기에
나도 그런 여유를 느끼며 내 일상을 잘 누릴 수 있을 것 같다.
내가 진짜 내 일상에 녹아든다면,
그 삶을 보내는 나의 분위기 자체로부터
내가 얼마나 여유롭고 만족하면서 사는지 저절로 알 것이다.
나뿐만 아니라 다른 사람들도.

유럽 여행을 하며 내가 다른 사람들로부터 느낀 것처럼!

욕심이 많이 없어졌고 쉽게 만족할 수 있게 되었으며

그럭저럭 살아가는 것이 지루한 것이 아니라

오히려 여유로운 것이라는 생각이 든다.

원래 사소한 것에도 감사함과 행복함을 느끼려고 노력했는데

이제는 그런 노력이 없어도 쉽게 만족하고 쉽게 감사하다 :)

무엇보다 교환학생 이후로 이렇게 변화한 나 자신이

오히려 좋고 편안해서 요즘 하루하루가 너무 소중하고 가치 있다.

그리고 앞으로도 이렇게 일상을 대할 수 있겠다는 확신이 들어

정말 너무 행복하다!

The End

이 책이 당신의 삶의 한 조각에라도 생기를 불어넣었길 바라며.